朵渔诗选

2009–2012

最后的黑暗

作家出版社

朵渔

诗人，随笔作家。1973年出生于山东，1994年毕业于北京师范大学中文系，现居天津。曾获华语文学传媒大奖·年度诗人奖、柔刚诗歌奖、屈原诗歌奖、海子诗歌奖、天问诗人奖、单向街书店文学奖、《诗刊》《诗选刊》《星星》等刊物的年度诗人奖等。著有《史间道》《追蝴蝶》《最后的黑暗》《意义把我们弄烦了》《原乡的诗神》《生活在细节中》《我的呼愁》《我悲哀地望着我们这一代人》等诗集、评论集和文史随笔集多部。

目录

辑二　听巴赫，突然下起了雨

辑三　我羞耻故我在

辑四　冬天来了

前言：一首诗是

一首诗是，一首诗是。

一首诗是你，一首诗是我。

一首诗叫小翠，一首诗是许仙。

一首诗跳出一只蟋蟀，一首诗藏着一个姑娘。

一首诗还在发育，一首诗老得只剩一行。

一首诗倒映水中，一首诗写上月亮。

一首诗被翻译出国，一首诗沿着方言回乡。

一首诗与一辆坦克对峙，一首诗在梦中躺枪。

一首诗是一场风暴，一首诗儿女情长。

一首诗从第二行就起了贰心，一首诗的第七行爱
  上第八行。

一首诗被要求在平仄中检讨自己，一首诗被拆得
  只剩下脊梁。

一首诗站在证人席上，为了证明我有罪；一首诗
  站在被告席上，为了证明它无辜。

一首诗那么爱笑，一首诗突然抑郁，一首诗因太
  过敏感，被送进了精神病院。

一首诗将一个女孩带上床，一首诗将自己灌得酩

酊大醉。

一首诗生病了——也许只是偶感风寒。

一首诗还没有完成就从纸上跳下来，因此它至今没有尾巴。

一首诗太过执拗，不仅反对标点，而且反对分行。

一首诗太过晦涩，连自己也搞不懂自己是怎么回事。

一首诗爱上了哥伦布，一首诗发现了西班牙。

一首诗年纪轻轻就入党，一首诗跟鲁迅讨价还价。

一首诗戴着帽子，一首诗腰里有枪。

一首诗被迎进宫去，一首诗进了牢房。

一首诗被删减，一首诗被非礼，一首诗穿上了皇帝的新装。

一首诗喝醉了，一首诗当街小便，一首诗盯住少女的乳房。

一首诗是一座妓院，一首诗是一个黑社会，一首诗是一座教堂。

一首诗决不是一个政党。

一首诗有没有自己的性冷淡和厌食症？一首诗是君主立宪还是民主共和？

一首诗终有一死吗？是否有的重于泰山，有的轻于鸿毛？

一首诗是否也有阶级和出身？

一首诗在诗集里遇上它的姐妹，一首诗在社会上碰到它的兄弟。

一首诗在南方度夏，一首诗去北方越冬。

一首诗始终看不上一个词，并找茬将它踢了出去。

一首诗发着高烧，因其中的一个词敏感而发炎。

一首诗始终对作者有意见，仿佛它才是领导，而他不过是个外行。

一首诗瘦得皮包骨，一首诗因太过丰满而买不到合适的胸罩。

一首诗主动取悦读者，一首诗吐了读者一脸口水。

一首诗自闭得厉害，一首诗至今还是个处女。

一首诗快人快语，一首诗沉默寡言，一首诗被骗至无人处一顿暴打。

一首诗为了捍卫自己，直接长出了牙齿和指甲。

一首诗以押韵的方式完成内部统治，一首诗被自己的幽默逗得笑弯了腰。

一首诗以姓氏笔画排列，一首诗为了人人平等干脆取消分行。

一首诗腰围太粗，立志减肥；一首诗常年吃素，却有一颗狮子的心脏。

一首诗为一个女孩命名：绿天使；为一个男人命名：老夕阳。

一首诗将作为呈堂证供，证明我曾将一生光阴浪费在她身上。

一首诗里出现了春天最美好的事物：清风、地衣、床单、雪。

一首诗只有一个合适的读者，并且，她也读懂了。

一首诗睡了，另一首诗静静地看着她。

一首诗脱下裙子，一首诗为她披上浴衣。

一首诗在流泪，一首诗陪她到天亮。

一首诗看到光。

一首诗得到爱。

一首诗在发呆。

一首诗失恋了。

一首诗是你，一首诗是我。

2012 年 6 月 7 日

辑一

写小诗让人发愁

写小诗让人发愁……

写小诗让人发愁，看水徒生烦恼
混世也不是件简单的事
无望的人练习杀人游戏
大哥们在灯下说闲愁，你一支笔
能做什么？写小诗
让人发愁，看水徒生烦恼
就那样在菜心里
虚无着，在树干里正直着
混世，混这时代夜色，太阳多余
且迂阔。

请问

乱石以何种秩序聚成塔
男女以何种激情聚成家
众人以何种意志聚成国
我以何种精神能与霜雪
白茅枯枝败叶不离不弃

周年

鲜花一周，暴徒一周，这是谁的
一周周？娶亲一周，刽子手一周
王阳明的一周，韩非子的一周
江一周，王一周，这样下去
有意思吗？这样下去
肿胀的意志深不可测

我决计和你们翻脸。
我决计直来直去。

小丑

入秋以来，人事渐稀
不可能的笑料一演再演
它在你面前扮鬼脸，吹小号
一些死去的孩子也混迹其中。
有一会儿，你盯着墙上的钟
数数，听水壶的嘶鸣
风拍打着窗子，死亡的列车
疾驶而过，无非就是这样了
细雨打湿夜鸟的脖子，
湿淋淋的旗帜上滴着血。

坏人

坏人不可能是一个具体的人。

坏人是邻居，但不是我的邻居
是领导，但不是你的领导
是你，但不是具体的你
也可能是我，但这又怎么可能
坏人是个非人，非非人。

我说过的话，被坏人在另一个场合重说一遍。
我流过的泪，也曾在一个坏人的眼眶里打转。

列国

当夫子的牛车倔强地从泥潭里爬出
前行的曲线再一次被他抻直

迎头，兵的傲慢将道路席卷如泥
无欲，远不如无私更加勇敢

大国的大夫带来列国的逻辑，奥巴马先生
书生不再是理由，做生意才是强权。

夜宴

他们痛饮时代的血，我们围观
他们吃红色的孩子，我们围观
他们从坚果里剥出黑暗，我们
更靠近了那宴席的中心。他们
终将亮出一颗寡人的心，我们
也被赐予了一点为臣子的怜悯。

对话

"我因为太过正确而稍感厌烦
道德的脏水如何洗净修辞上的蓝？"

诗歌的精神需要一种围观，也就是说
不要太清高，要当得起狼藉，当得起
耳顺者的聒噪，如你所说，诗是
一种蓝，但这不是唯一的
说辞，因此它仅供收藏，仅供
自我教育。

"老实人，总摆脱不了说狠话的习惯
你究竟能在围观中看到什么？"

哦，我看见一枚孤独的烟头被晚风吹醒，
我看见一排沿街的社会主义。

罪与罚

"你们准备何时审判我？"他只管饮酒。
"判决已经下达，但
还没有合适的人来宣布。"
"你们何不将我收监？"他只管吃肉。
"别着急，会有人来
　　——他也许已经上路。"
就是说，我们必须等
等那宣判的人来。此刻
一缕微光，穿透竹窗
落在酒上、杖上、半部法律上。
"你们不想再添点酒吗？"
"是的，我们会添的。"他们百无聊赖
而我们，在等待——我和我的
刽子手，我们都有些不耐烦，
我们都成了等待宣判的罪犯。

夜行

手心冰凉。真想哭，真想爱。

——托尔斯泰 1896 年圣诞日记

夜被倒空了
遍地野生的制度
一只羊在默默吃雪。

我看到一张周游世界的脸
一个集礼义廉耻于一身的人
生活在甲乙丙丁四个角色里。

我们依然没有绝望
盲人将盲杖赐予路人
最寒冷的茅舍里也有暖人心的宴席。

平庸之恶

多次邀饮，已算老相识
不打不成交，散买卖不散交情
今年他换岗，交班
前来与我道别——

此人：光洁，白净，脑门秃亮
对人有礼貌，有教养
对动物有爱心，对家庭负责任
对少女不轻易下手——多么优秀的
一个男人，只有当他回到角色里
他才会有那种
秃鹰见到腐肉的兴奋。

邮差

这经常登门的小邮差
热情而又不失小城的
狡黠与世故
他有时会故意调侃我
这点稿费，还不够一顿饭钱
有时又不无羡慕地说
你多好啊，宅在家里就能赚钱
他有时故意将朵渔念成多余
并偷偷朝我的书房张望几眼
有一次，他告诉我
他刚给一个作家协会的人
送去一大笔钱……
他的世故让我感动，让我相信
他与我那些莫名丢失的邮件无关
我也必须这样去信任他
以确信这摇晃的世界
尚可依赖。

只二十年，他已陈旧

中年也在练习书法，练习
隐身、葱茏，在松下
手倒立。
一转眼，他已陈旧，登高
只为教授
伦理学。谁去
谁留，是分裂的，也是
祖传的，我们各活各的
这有何不可？
只二十年，脚下的路
已分裂为歧途。

堆积

多日来，心事堆积
看落叶，听夜鸟的
哭诉，不惊心但也
无可安慰，仿佛生活的根
已自动裸现
九月里，曾专程跑到
海边，寻找一张
会叫的床，但尖叫
也没用，重新来过
也没用，软和硬
都没道理
不可能的逆境
就在窗外，隔着雨水
与我对视
这时节，头顶白雪
也许最相宜。

被居家

被居家，闲饮，孤独是其中
最舒适的姿势。中年文字客，每天
自我伟大一番，蜚短流长中，无非是
色情，无非是得失，前程
被精确计算，心情也是
我有时总结性地前瞻，前方
和后方没什么不同啊，一些
简单的差异，甚至可以忽略不计
我们爱过的女人，会被别人接着爱
我们恨过的敌人，会死在岁月的屠刀下
欲望是每个人的刽子手
早晚都要补上"丧失"这一课
删除，总比回车更有快感，白头的冷
堪比布鞋的脏，李和杜，解决不了
生计，但可以就伦理作些慰藉
混蛋，也不过如此吧，何况
你头戴冠冕，蹦跶了这么多年
想想都觉得可笑。

在这里

在这里，一年嫁接着一年
我独自待着，并假定
那一床的书对应着道路
那措置的竹子
对应着思想，这一切很重要
仿佛孤单对应着最终的人群
仿佛四边形支撑着我的墙壁
窗外，那绳结，那沟壑，那
羞于吃饱的小儒，每日每夜
在你眼前寂寞地展开……
我庆幸，我依然能够
触摸这个世界，隔着玻璃
并拥有片刻的动容。

不可能的

      ——给晓伟

我们不可能再进去
我们不配享有那牢房的黑暗

思想被关进黄昏的笼子
风景中有木偶列队走过

哭泣吧但哭泣属于亲爱者
诅咒吧但诅咒没有绝对的力量

我们听一场风暴那寂静的中心
我们听荷马的船队驶过一甲子

太多的鸟死于成熟的果实
太多的羽毛在打击一支笔

这是最好的时代对于罪犯而言，也是
最坏的时代，对于所有的逆境

湿漉漉的旗帜在阳光下反光
不可能的青年扔来雪的请柬……

雪夜

是夜，大雪骤停。
饮酒归来，踏着
松软的野径，心静得
像头顶的月。一个青年
跟着我，也饮酒，也热血
他呼出的冷，让这个夜晚
变得异常年轻。我时常觉得
在孤独中会老得
更快些，没想到这些年
时光和酒量
被我封存得这么好，还可以
悲欢，还可以同调
还可以在迎风流泪时
结出少年的冰花。

为什么没有爱……

从一碰就碎的乳房上采蜜
从一只蝴蝶的翅膀上听风暴

从她的大腿内侧阅读一封家书
从亲爱的死者中感受呼吸

从一片废墟里重新搭建祖国
从一截枯木中寻找水源

小鸟在干树枝上磨它的喙
凶手骑着乌云四处购买凶器

有人在世外听雪
有人在梦中开悟

山峰不曾为任何人让路
前世的诸佛笑而不言。

巢 - 宅

仿佛高远的天空中一盏熄灭的灯
黎明前的鸟儿离开它黑暗的巢

有多少只鸟儿，就有多少种遗弃
有多少条道路，就有多少现实的对角线

有人去舌头上寻死
有人在笔尖上流亡

空巢对应着家宅——
我独自面对影子和墙。

你看，生活的尖牙……

我们从情欲的沟壑里取水
在难言的爱中融冰

生活多少有些戏子脾气
现实消耗了太多的温情

乌鸦和鸽子降低了天空的高度
猛禽的目光中闪烁着泪花

爱的结局往往就是不爱
热情的生活只剩下呼吸

你看生活它露出了一副尖牙
你看黑暗中一把斧子伸过来……

都不是

十月，雨不是。十月不是。我在雨中
走了很久，那恋人般痛苦的滴落不是。
早秋不是。鸽子不是。汇进合唱里的尾音
不是。杀手不是。刺客不是。小巷深处的夕照
不是。斧头不是。爱上斧头的镰刀不是。冷不是。
库存的爱不是。二楼阳台上的孤独不是。微茫不是。
厌烦不是。雨中的烟花不是。消磨在啤酒桌上的灰尘
不是。欠债还钱不是。赶鸭子上架也不是。
孤松不是。岸柳不是。康梁不是。帕斯卡尔不是。
马克思和恩格斯不是。我父亲的烧酒不是。
杜松子酒和朗姆酒不是。你那天向我裸露的性不是。
乳房不是。大二女生不是。坦诚是好事，但也不是。
地下电影和战国时代不是。遗忘不是。牛头上的轭
不是。衣襟上的雪不是。团结不是。文学不是。
包括伟大的文学。稻草不是。内心的平静不是。
通往深山里的拖拉机不是。有一次我在一片林间空地
发现一束从雾中折射的光，充满了忧伤与宁静，我以为
那就是了，其实也不是。都不是。

快雪三章

1

受命，饮冰，醉酒
犬儒，负米，走狗
入冬以来，观剧的心情
渐无，养伤
无非是不见人，多年的旧友
突然来了消息：猜猜
我在哪里？哦，但愿你
不在本城。……他在
另一繁华处，心动，依然
惧怕着热闹，回信：伤
久未愈，拟不赴
继而，穿棉衣，便鞋
下楼去
小公园，天阴
枫树的叶子
心爱的六边形，随一阵清风
飘落，有一两片
似乎
就要落在我的肩上

伸手　去接
冷冷的
是雪花。

2

雪中走着一个人，不是走来，是走去
从相反的方向看，是我走向你

我想冒着今夜的大雪
去访你，又担心雪到中途就住了

曾经你是那溢出团结的一员，现如今
只需独处，那敲门声永远是记忆中的邮递员

座无虚席不会再有，大雪相隔仅是一次语迟
我们应该更冷、更静、更缺席。

3

对着满窗的大雪
读唐诗，作者写的是
寄友，这友人已先他而去

君埋泉下

泥销骨，我寄人间雪满头。①

作者还写到了

夜，孤灯一盏，无处招饮

一个人，握秃笔

对大雪，一个

洁白的深渊

哦，要是我有他的冠冕，他的冷漠

他的孤寂

要是我有——在今夜，融雪的情怀

全城的灯火

我会否，最终，……但

是，谁也不能

替谁去活。

———————

① 语出白居易诗《梦微之》。

醉时月

北方最寒冷的一夜，风像
纸片，墙角的雪被路灯照亮
三个伙计，沿着胡同的曲线
歪歪斜斜地找到有灯光的酒吧
不是去喝一杯，而是要将
多年前的宿醉再吐一次。

还是青灯让人眼热啊，想当年
三两醉客，晃动在胡同口，如
竹马骑来，一晃十年，相似的开端
却没有共赴的结尾，些微的偏差
造就了我们一生，如这醉时月
在我的酒杯里，它醉成了一只鹰。

是谁，和谁，还有谁……

是谁，和谁，还有谁
因为什么，被作为
众恶的一员，切成自由方块
投放在

畜栏。在狱卒结冰的
眼神里，分食的蜂
嗡响。他们吃的，他们
并不知道，他们吃

作为良心的
同案犯，我们嚼同一块
惊心的面包，隔着相似的栅栏
数着：是谁，和谁，还有谁……

该同志……

昨天，他向我借过笔
今天，他要借我的
耳朵。

"诗人，借你的喉咙
一用。"

我于是哑默。

在他将袖中刀
吐露出来之前，还有
一件事要办。

"借给我你的死——"
"别逼我，我自己会死的。"

我出借过三十年光阴
五十张纸条，三篇悔过书
两封告密信

一瓶红墨水。

他们还给我一份
档案："该同志⋯⋯"

闲愁

浓雾深锁，站台像架旧钢琴
春天在收获它的最后一勺雪

天空裸露着阴阜般的云
铁丝上挂着滴水的内衣

他从发廊出来，消失在旧街巷
她掏出过冬的新乳，买一送一

浓荫，俨茶，在深睡中度夏
一种颓废的美已多日不见

这美岁月曾奉劝我不必速死
我在窗内想哭，想想还是算了

闲愁如此多娇，哀怨乱穿衣
不会活的人也不配享有死期。

必须

我记得那个深秋在湖边拉琴的人
身披灰色的雨衣，独对一汪湖水

仿佛沉默的事物突然唱起了歌
他是个疯子，不必取悦任何人

琴弓左右撕扯着他灵魂的线头
而我的写作更像一种经营自欺

必须重回一头兽独自逡巡的冷冽
——必须这样。也只能这样。

提灯人

——给 AI

他举着灯，匆匆走在无面孔的人群里
太阳像一束追光，追着他不测的命运
当所有人都看到光明时他却只能看到黑暗
当所有人都替他捏把汗时他却在日落之前
被一把拽进黑暗里……

敲门声

风暴正在街上大打出手
冷却塔轰鸣着高温之歌
年轻的占星家在为时代推敲命运——
还差一个逗号了——背后传来敲门声
还差一个句号了——敲门声越来越急
还差一声叹息了……敲门者已破门而入。

昏晨星

该去西边看看日出了
隐匿的大师从昏暗里捡起影子
那送来词的人已在晨雾中消失

该去为无名者致哀了
在这个垃圾遍地的时代
著作等身简直是可耻的

春天的收割机开进了秋天
大地已熄灭所有的灯火
以便让天边那颗低调的星闪烁

天空仿佛大地的映像
而那块在风中飘荡的石头
又是谁的墓碑！

感谢

手提一捆菠菜我感谢早起的晨雾
感谢郊区的云和泥土我受之不虞
一个赶鸭子的少年剥开薄冰谢谢
谢谢那条裙子和它包裹的旧风景
谢谢这瞬间的风和新栽的接骨木
甚至那一声鸟鸣也应该衷心感激
你们是一个丧家者心底的仁波切
你们为平庸的天才送来影子和蜜
的确我做着一些看似徒劳的事情
不相信知音之稀，不相信千古愁
相信每日的江郎才尽可化为诗意
谢谢一滴鸟粪的鞭策，谢谢雨滴
谢谢那个在厨房为我煮麻雀的人
一粒米的教育胜过多少鼎镬之爱
一首诗的逻辑近似于远山和绿意。

写作将因失明而变成钥匙和代数

秋风中，一根蛛丝如此的无邪
而无用，一条蛇在剥皮中自新。

候鸟们已准备登机了，一只狗
惬意地舔着自己的生殖器。

西风是秋天雇佣的临时收税员，
蝴蝶献上翅膀，鸟儿献上巢穴。

是谁将鲜花卖给了十月？
是谁将泪水租给了秋天？

必须亲自躺下来做个梦了，
所有的梦想都已被现实击碎。

该为鞋匠和药店唱首歌了，
贫穷已将诗人逼成了画家。

那剃刀上的溜冰者终于滑出了国界，
写作将因失明而变成钥匙和代数。

辑二

听巴赫，突然下起了雨

细雨

黎明。一只羊在雨中啃食绿荫。

梧桐低垂着，木槿花落了一地，满眼让人颤抖的绿！

雨沙沙地落在园中，它讲的是何种外语？

一只红嘴的鸟儿，从树丛里飞出来，像一只可爱的
　　手套

落在晾衣架上。

读了几页书，出来抽烟，天空低沉，云也和书里写的
　　一样：

"他们漫步到黄昏，后面跟着他们的马……"

——然而一把刀！它滴着冰，有一副盲人的深瞳，
　　盯着我。

一个人，要吞下多少光明，才会变得美好起来？

我拉起你的手——我们不被祝福，但有天使在歌唱。

一声哭的和弦，那是上帝带来的钟

在为我们称量稻米……

绿天使

五月，南方的雨时下时息
在一间湖畔旅店
读托马斯·特朗斯特罗姆的诗
他写前线，写风暴，写冰雪消融
他将自己漫长的一生
压进一部薄薄的诗集
安静应和着鸟鸣
悲歌对应着细雨
历史出场时，雨下得更大了
当他写到爱情
一生不曾出现败笔的大师
突然现出一丝犹疑
哦，那是绿天使就要降临
来为我填满这寂寞人间。

愿意

阳光在黄蜂的身上嗡响
松树冠被雨水浇得透亮
风吹细纱，她睡得像件瓷器
安静得就像我的榜样。
夜雨留人驻，蛙声叫来提灯人——
昨夜她是小小的木质渡口，将一艘沉船打捞上岸
如果流水愿意，记忆将不会消失
如果记忆愿意，会照见一个隐身人
如果她愿意，那人将会把她举上天
会让她安静、颤栗、破碎、飞翔
但是她愿意，她愿意
她愿意向他的隔空之爱奉上轻轻一吻
她愿意在他的盲杖之上开花生根
安提戈涅，安提戈涅，请照顾好这头老狮子
他的盲目在为你提纯泪水。

下弦月

下弦月挂在寂寞街头
一群人在酒中展翅飞翔
只有她在安静地抽烟、饮酒
侧脸的光辉勾勒着下弦月
哦，安静最动我心，安静
一直都是我的好榜样
就像这轮下弦月，带着薄恨
在我的肩头轻轻地咬，轻轻地咬。

醒来

早起。雾还没散，阳台上的花
还没来得及开，空巷被一夜秋风
吹得像镜面。没有人走动
一架高速列车无声驶过——

没有风。没有云。尼采像一盒火柴
静静地躺在桌面上。
风静下来的时候在想些什么？
云有没有衣裳？如此乏味的真理
不被发现又如何？

每天顶着牢狱的冠冕去写作
何如将爱情当作世界的尽头
将梦想置于老年之膝，却不去实现它
——身后，一阵冲水马桶的声音
她醒来了，微笑里尚有梦的残余。

寂寞的蝴蝶采着蜜

寂寞的蝴蝶采着蜜
绿天使带来林间风
夏季的罐子贮满冬天的雪
伤心人迎来伤心人

黑夜如此清新，如同夺眶
而出的泪，走，走向哪里？
私奔的大雁唱着离别的歌
交出去的一切终于有了女主人

万一梦醒来，又万一她离去
哦，还有窗口的灯，还有
窖藏的蜜，还有永恒的隐身人
爱越深，站台越美丽。

寂寞的蝴蝶采着蜜
绿天使带来林间风
石头终于有了心跳
梦境终于有了核心。

树冠

我们从海鲜酒馆
出来，转往另一个地方。
这是你的领地，你认识每一条
盲道，数得清每一处灯光
但在今晚，一种陌生感
笼罩着我们，仿佛刚认识不久
仿佛还是彼此的客人
你时而停下来，定定地
看着我，像是在倾倒
一种满溢的人生。
烟还会爱上雨吗？
灰烬与火焰能否重续前缘？
我的心都空了，能否盛得下
你的恨？我有些恍惚，记不得
这条路还有多远，但愿它
永无尽头，但愿它直通云端
夜深了，树冠里的灯光
仿佛天上的瘦月亮
正用一场清白的细雪
覆盖寂寞冰山的蓝色火焰。

如果恨

如果恨
已怀上往事的身孕
上帝啊，请派天使长
为他接生

带着献祭的勇气
爱被端上餐桌
我们吃，吃无辜的
过错，并咽下打折的
旧恨

这恨帮了我们不少忙
恨教会了我们微笑
世界造就得如此美好
就是让我们互相原谅

但有一种恨，很蹊跷
它刀柄朝上
那是夜色里的温度计
在丈量谁的血。

种

在你的体内种下花儿，让它练习自杀。

种下石头，让它为爱人输血。

种下词，等它长成复仇的句子。

种下块茎——死亡开始发芽，我们一言不发。

出手阔绰的死神，送来镀金的棺木。

我们依偎着，走回风暴寂静的中心。

时光下手太狠了

时光下手太狠了
时光将我一劈两半

一半迅速地垂直老去
一半留给无氧的青春

一半登上远途的列车
一半隐于世俗的针尖

我就是那途中老去的鸟
我就是那片针尖上的云

而你的美尚未公开发行
像白糖罐里溢出的人生

该如何饲养这迁徙的鸟
该如何拨慢这体内的钟

隔着八省的灯火，我思念着
雨水，你思念着一场大雪……

夜的黑啤酒

夜的黑啤酒将我灌醉

恨从两个方向上咬我

你静坐一旁，替我饮下

旧时光酿成的苦艾

我们是夏夜的最后一批客人

爱情的盲歌手在为我们歌唱

夜色如此威严，几只兽

徘徊在街头

空空的鸟巢里

星星像易碎的卵

酒杯空了，黑暗的家园空了

夜雾弥漫开来，天空更空

我们一无所有，谁能带领我们回家？

月亮升起来，我们共同的杯升起来

让我们痛饮吧

这不堪的年华，三位数的痒……

我也想试着死去

我也想试着死去
我想在鸟语花香中与这个世界说再见
当我躺下，大地微笑着敞开墓穴
天空，一座倒悬的花园
所有的厌弃都已无所谓了，包括倾斜的爱，照临的光
所有的账单我已付清，只剩一本
爱情的坏账——
接受爱情，就像接受命运赐予的轭
她具有夜的一切属性，包括不明的轮回。

鲜花重返枝条，
积雪重回云端，
鸟儿飞回蛋中，
我能回到哪里？

生活在泪水中的利与弊

一盏灯关掉，黑暗

并没有降临

悲哀将我们的瞳孔放大

我们早已适应在白夜中生活

在你失眠的眼泪里

溺亡的鹰垂下

昏睡线

伤我

我们互伤，白夜

如快活的刀子

割断所有的出路、情路

我们过去有希望，而未来有什么？

卷刃的生活、夜的低语、盲人赐予的杖

泪水作为压舱之物，只有它

能映照出我们的卑贱与荒凉

但是，哭过之后才知道

世界一直清新如旧

答案在晚来的雪中缓缓敞开……

听巴赫，突然下起了雨

听巴赫，突然下起了雨
路灯的光线穿透树冠
落在空巷的水洼里
乌云已在天空布好幕布
乌云在下一盘很大的棋
雷声重新为巴赫定了调子
悲哀汇进技艺提纯的旋律
如此我听着，在这个
被雨声瓦解的黄昏
有那么一刻，我仿佛
看见了你张望的面孔
在那雨雾弥漫的码头上
你正背着一袋判决书
前来与我分享……

爱过的，就不会再爱了

有多少旧巢被弃于风中，有多少新巢
被重新搭建。重复，重复同样的错误

如此轻易地就爱了，又如此轻易地散去
那点旧爱，就像舌尖上一小块易融的蜜

我曾请大雪为你搭好舞台，你却邀来厄运
同台演出，恶和它的披风于是都有了形状

爱过的，就不会再爱了，爱有它的半衰期
如今只剩下恨了，只剩下恨和一点点余烬

我老了，不需要将青春再重演一遍
当我抬头，一个木基督在瞪视我的灵魂

听你嗓音中那咝咝的提琴声，谢谢
梦中的小提琴终又回到大雪的手中。

我在春风中睡去

我在春风中睡去
在噩梦中醒来
一些词自黑暗中跃出
一个人在梦中
打探我的消息
醒来，一种孤枕无边的冷
落花飘散在窗台上
一些消息在屏幕上
消失又重现，一群人
在贝壳里表演大海
如今我已安静下来
像沉于公海的船
每天都失去一点记忆
每天再独自回忆起来
让我们来谈谈诗吧，老朋友
这春风凛冽的时刻
适合谈论一切美好的虚无。

辑三

我羞耻故我在

说耻

今人诗有三病：不诚实，不真实，不老实
饭碗里没有羞耻，辞受间全是政治。

有人在修辞上撒谎，有人往泪水里加盐
一个流氓因自鸣得意而结结巴巴。

子虚，亡是公，乌有先生，虚荣的力量
如此强大，唯羞耻可与之对抗一阵。

耻不可耻，年轻时谁没混蛋过，杜子美
放荡齐赵间，裘马颇清狂，亦在少壮时。

作诗但求好句，已落下乘，
做人若只做个文人，便无足观。

亭林先生曰：士大夫之耻，是为国耻。整个夏天
我都在跟明清的几个儒学习如何做人——

壁立千仞，辞受有衡，吾不如船山
零雨其蒙，花香四溢，吾不如晚村
民吾同胞，入世情切，吾不如泾阳

鸡鸣不已，学究天人，吾不如阳明

笃于朋友，如坐春风，吾不如梨洲

经世风流，确乎不拔，吾不如正学

学而不倦，诲人不厌，吾不如白沙

摩顶接踵，与时屈伸，吾不如亭林

居处恭，执事敬，与人忠，吾不如许多人。

多说无益，说曹操如果曹操没到呢？

贵人语迟，圣人语默，巧言令色鲜矣仁。

当我写下"痛苦"，我必是痛苦的，一架

仁学的战斗机在我的灵魂深处斗私批修。

诗无用

早晨起床后，就发现镜子里的杜甫
比昨夜又瘦了一圈，杜甫总是很忙
但愁没有用，如果愁能解决粮食和
性欲，革命和嫖娼就失去了动力。
诗也没用，但无用有时就是有用，
辩证地看，毛选也是无用的，却可以
活学活用。一切废话，都是为无用
而活着。西学是一种偏见，中学就是
一种无用。写完了，就藏到山里去，这
有用吗？唐朝的一个儒，一直藏到了宋
他全副的骷髅，化作了一幅《清明上河图》。
诗人无非是一棵社会学的散木，他的
骄傲里只有青衫、古籍和月光，诗篇
袖在手中，犹如杜甫系在船上的猪头。
今天有点硬，就着一碟豌豆读古籍，发现
每个朝代都拖着一条豹尾。梨洲明夷待访
亭林穷经待后，王船山败叶结庐搔首问
一旦天下有事，大丈夫但当其任，岂可
读一经、守一庐，做野狐禅、应付僧？
归隐，也就是一种线装的无用吧。诗无用
但还可以用来吹牛×，我一个写诗的朋友
常说：玩美女，如烹小鲜……

包无鱼

包无鱼，哀我人斯，于何取禄？
《象》曰：无鱼之凶，远民也。

离它远点，才知道白云从来不举手，
民主就是乌鸦和天鹅的秘密交易。

拿破仑法典：一切人等皆要设置屋檐，以防流水
倾注于邻人的土地。他管得也忒宽了吧？

但风可进，雨可进，国王不能进，
县长和书记，谁能给茅舍以和平？

作为狼群里最温柔的一只，不要混个县处级
就忘了自己是老几，你可知道韩偓在唐朝算几品——

前翰林学士承旨银青光禄大夫行尚书户部侍郎
知制诰昌黎县开国男食邑三百户

你看，谁承认吃人，谁就算说了句真话，
饭碗才是检验真理的唯一标准。

由此我确认我们都是一些可怜虫，有翅目，但不
　　能飞。
由此我确认井底之蛙对世界的认识本没错，错在
　　为什么会有井。

包无鱼，吃人的人多了也便没了鱼。
只能为祖国献上一颗人头，是你我此生的悲剧。

《思想录》

我只赞美那些一面哭泣一面追求的人。
　　　　　　　　　　——帕斯卡尔

帕斯卡尔说，人是宇宙的光荣兼垃圾，
垃圾是可悲的，认识到这种可悲乃是伟大。

不要小瞧这堆垃圾——它是会思想的垃圾，
但它到底在想些什么，我们却并不知道。

幸亏我们不知道。如果我们知道对方在想什么，
那么全世界就不会超过两对朋友或情侣。

不要思考。世事皆偶然。据说世上没有两片雪花
是相同的，但也只是据说而已，没有谁真的去比
　　一下。

如果克里奥帕特拉的鼻子再短一点，就没克伦威
　　尔什么事了。
如果克伦威尔输尿管里的尿沙再少一点，罗马城
　　可能就不再属于罗马。

不要思考。思考乃上帝的裤衩。笛卡尔一心想抛
　　开上帝单干，
但他也需要上帝之手轻轻一碰，以便使世界运转
　　起来。

不要思考。思考无非是一种求偏见的意志，
多数人需要麻木，就像少数人需要当头一棒。

谁对无知再多一点无知，谁就离先知不远了，
黄昏的哲人一声叹息：一觉醒来，又到天黑！

弱天才

夜雨，屋漏，在一卷手抄本上
数雨滴。那数绵羊的人
最是无聊，睡不着说明你不累
倒不如起来陪老夫喝一杯
我们这些人，就是不该吃太饱
饿着肚子才知道自己是老几
刚才读杜，跟一片雨水斗气
屋漏有何了不得？杜甫就是瞎着急
难怪王船山看他不起
穷通、得丧、死生、忧乐
想那么多干什么？动就是反动
天下唯读书人可饿着肚子讲道理。
道理平铺在，少欲即身轻
你体内那盏禁欲的灯
必得时时剪亮
老夫就喜欢捧着《伊洛渊源录》打老婆
闲卧，就是意思好，告诉你
我二十年的功夫，就在治理一个乱字。
儒者高蹈，锄禾亦不必当午
做个样子就是了
秀才的本领就看你够不够懒惰

事往往一急便坏了。

你也不必动不动就把自己藏起来

高者为散圣，卑者为野狐

躲得过初一，躲不过十五

秀才的宿命就是动不动就遇上兵。

揣龠录

——读顾随^①《揣龠录》

——读顾随①《揣龠录》

世界上，盲人的胆子最大
不信，你闭上眼试试走两步

闭上眼，你就是个聋子
而盲人的眼睛比谁都好使

我认识一哥们，戴墨镜，拿盲杖
开口就讲：昨天我看电视上……

不要以为穿双布鞋就能唬住人
盲人的胆量其实全来自看不见

如何是禅宗奥义，马大师、百丈海、赵州和尚都
　　不敢
轻易拍板，一个盲人却说：禅就是眼不见心不烦

---

① 顾随，字羡季，笔名苦水，别号驼庵，河北清河县人。中
国韵文、散文领域的大作家。先后在河北女师学院、燕京
大学、辅仁大学、中法大学、中国大学、北京师范大学等
校讲授中国古代文学。晚年在天津师院讲授毛泽东诗词。
著有谈禅著作《揣龠录》。"揣龠"语出苏轼《日喻》："生
而眇者不识日……或告之曰：'日之光如烛。'扪烛而得其
形。他日揣龠，以为日也。"

其实揣龠就是揣摩领导的意图

"是以行年七十而老斲轮",明白不?

1960 年,这个老牌词章家在领袖的著作里
揣摩革命,在一卷红宝书里寂然禅定。

聂诗镜铨

——读聂绀弩《散宜生诗》

从秦城回来后，此老

就开始反对一切直立行走

躺着说话才不腰疼

谁说在广场就不能吼几声——

"家有娇妻匹夫死

世无好友百身戕

男儿脸刻黄金印

一笑心轻白虎堂"①

打油就是打酱油

写古诗如怀念前妻

老干体说白了是一种待遇

无端狂笑无端哭，三草中②

独缺一棵墙头草

老聂这一生，混过民国，混过绿林

最后混进了宁古塔

白帽子进去，绿帽子出来

哀莫大于不死心，大骂小帮忙

自有一种横行之美

敢在党魁面前耍花枪的

---

① 聂诗《题林冲题壁图》。

② 聂诗集《散宜生诗》包括"三草"：北荒草、赠答草、南山草。

不是林冲就是黄世仁

有些人一写古诗就俗

唯老聂将注释诗学搞成了绝学

而用意全在注释之外。

弄险

写作从来不自由，很做作
有时候我也会陷入求偏见的意志
在一块思想的薄冰上战战兢兢
跟坏人有什么道理好讲？
但空洞的谦逊更令人反感。

适度的怀乡病，可以照见人影
我的病里全是镜子和溃疡
你懂得阔叶的喧嚣，未必懂得
一阵风，我就是那阵风
吹过去就算了，说多了也没用。

多元即割据，江湖就是江西和湖南
多年的隐喻造就一场宿醉
醒来后才发现阴茎就是一根葱
后现代原本就是一颗寂寞复眼
想新鲜就往绝句里再多放点盐

尼采在我这个年龄上已准备疯掉
而我年轻时也轻狂得像一根稻草

去马来驴，如今白茅亦可诛心
我依然在镜子里寻找着逆境
没有痛苦的思想就不必发生。

丹东
——读毕希纳《丹东之死》

亲爱的雅各，塞纳河在流血，而你
却让断头台裂变成一座悬崖
恐怖大于革命史，贵族的血
浇灌出一朵恶之花
曾经，革命就是我的名字
我曾在马尔斯广场上向王权宣战
我就是长裤汉们的大神朱庇特
但巴黎需要面包，而不是人头！
自由必须高于恐惧，革命的
骏马必须在妓院的门前稍作停留。
当王后、罗兰夫人和吉伦特派的血
灌满了马拉的浴缸，革命
已成为一场无望的泅渡。
用你的道德去统治吧，罗伯斯庇尔
你不贪钱，不枉法，不跟女人调情
你正经得让人厌恶，但你手上的血
已变成巴黎的一场冻雨
你活着吧，我要去死。
谁相信毁灭，谁就会得救
断头台就是最好的医生
我知道，萨图恩专吃自己的孩子

你无非想要我这颗人头，拿去吧
死去比活着更容易
真是无聊啊，生活就是一种重复
总是夜里上床，早晨再爬起来
这一切该如何结束？简直一点希望都没有
我决定去死，为革命再增加一颗人头
有人死于恐惧，有人死于愧疚
我将死于两者的共和。

乌鲁木齐

今天，当历代的刺客随烈焰一起复活
沉睡在火山口的暴君一日不得安枕。
今天，天鹅绒、藏红花、雪松、郁金香
每个美好的名字背后，都跟着一伙暴徒
微风不解烈火的色情，过于肿胀的祖国
与版图两情相悦。当太阳升起在
夫子的城堞，你还在昏晨星的睡梦里
乌鲁木齐，以列国的名义，你是冬季里
最美好的一段枯枝，你是将军眼里
最美丽的异域新娘。当我还在夜里煮着
自己的头，煮我父亲的国，乌鲁木齐，
我希望你在少女的乳房边唱。
以世界的名义，当我还在人类长长的
余荫里哭，你那里已升起一堆广阔的
内陆的火焰。是不是安静下来，一些事情
就会不一样？散步，喝茶，谁请谁都一样
但是，今天，当所有的阴影随太阳一起升起
否定的星期一，能否带回美丽的星期二？
乌鲁木齐，何不让失败来得更美好一些……

致江上友人

大暑日，江上友人为寄《老妈蹄花》一碟，并绿茶两盒，作诗以谢之。

吃了吗，哥们儿？七月流火
宜清淡，当归、佩兰、熟地黄
一杯绿茶，亦是清心之物
可以打倒多少白毫和毛尖。
这世上，瞎子渐渐多了起来
笔杆子成了一根根盲杖
一切领袖的著作都是导盲犬。
一个戴墨镜的常说"天凉好个秋"
别信他的，天空早已破得不值一修
也不要相信什么世界美如斯
那是他没来过中东、中国和中央。
这世道，除了老妈和蹄花，再没有
可信仰之物。一个老大早说过："我就是
绿林大学的，在那里学了点东西。"
怨去吹箫，狂来说剑，我们还有点
别的出息吗？好人都喜欢沉默，螺丝钉
从不相信眼泪，道德就是一把左轮手枪
它的后坐力，足以误伤一个拈花少年。

我觉得，一把刀能解决的，就不必再
寄望于善。若士必怒，伏尸二人
流血五步，跟丫拼了！今日读史
读到硬处，看每一个才子都觉得硌牙。
做池鱼最大的好处，就是知道哪里是岸。
可青春作赋，总是太淡。这世道，活着
也需要把子力气，往往一泄气，厌世的
感觉就来了。人一激烈，就容易犯傻
而中年就是一根筋，再不发疯，可能就
来不及了。大暑日，无雨敲窗，江南的事物
首次闯进我的诗里。唉，三伏天写诗
想不激烈都难。在没有风景的房间
痛饮茶，老妈蹄花一碟，心碎二两
一切苦都拥有了一个心灵的现场。

醉酒赋

二两小刀下肚，一个白面书生
也敢对着大街撒尿，对着美女抒情。
对酒当歌，人生就成了几何：倒三角。
心情不好时，三两即醉，看树是斜的，
乳房是尖的，美人都有三只眼。

红鼻头的并不都是酒鬼，善饮者
都有一颗脆弱的心。某年，与友人对饮
品评当代人物，感觉每人都差二两半。
醉酒即禅定，即高潮，即寂寥，今朝有酒
今朝醉，你我哪还有什么未来和明天。

小酌仿佛垂钓，狂饮就是月下裸奔。
烧刀子、二锅头、老白干，饮酒我最爱
杏花村，一口气下去，胸中就有
城池一座，再一口，犹如寒江独钓
醉到极处，一切入世的哲学就都成了超人。

不要喝酒的看不起吃茶的，也不要
吹牛的看不起装 × 的
菊花与刀斗，无非就是日 - 本人。

泡在酒里的痛苦都很低级，而茶里的心灵
也难逃伪善。

我已十年不长饮，八年不狂醉。今日秋分
看黄叶在野径上飘零，想二三知己
皆已离我远去，寂寞无异一瓢饮，在一阵
晚来的熏风中，竟独自醉了……

无题

一个人时，我时常感到拥挤，
感觉体内的某个地方需要爆破。

在政治的天平上，道德只有七两重，
《徒然草》云：不求胜，但求不败。

晚风已没什么秘密可言，所有的灾难
都已被证实，包括雨中的覆巢。

佝偻承蜩，无非是让别人上钩，一个四处
收购门徒的人，顺便收起了民间的刀。

先锋派要求提前加冕，我由此确信
愤怒已不在绍兴，艺术不在七九八。

潜水于明清文集，听腐儒们谈气、性与双脚的
关系，竟觉得默默无闻也是一种狂狷。

难道不读古书就不能走老路吗？我偏不信
昨晚，我私下里向一片燃烧的云做了忏悔。

人境庐诗草

清晨，我因空腹饮茶而倦于表达
她絮絮叨叨，仿佛有孕在身

生活总想逼我出门
经济的嘴脸一团和气

与其外出，不如格一丛门前的竹子
死于伤心，何如死于羞愧

斗室最适合灵魂受刑
挂在墙上的江南一望无垠

一个儒，跟了我半年有余，被我劝回山里
听说，终南山现有八千人在隐居。

中午，美人送来闭门羹：古籍少许，四川
半钱，沧浪之水，泪两行。

午后，一个人躺在床上——打一动物名。
钟表不动，仅仅是前朝的时间突然停顿。

黄昏，为一条爬山虎指引方向：方知道
一切领导皆是霸权。

看晚间新闻，一个青年在为某事件重做句读：
你，不给，我一个，说法，我就给，你，一个说，法。

晚餐，麻辣已和小龙虾私下讲和，
照此道理，狂风和斧头都该被封杀。

入夜，大雨在窗外通缉一个天朝的逃犯，
明月是他的同伴。

我羞耻故我在

下雨了。做爱做到一半，不做了，
咽下去的东西，再吐出来。

旗帜升到一半，被一场悲剧制止，
钟表懒得再动，因时光太过漫长。

出租面具的人，在诱惑一个学射少年，
一只被组织派来的苍蝇跟我讨价还价。

因为风的缘故，落叶在羞辱一只鸟，
天空太低了，乌云在追捕鹰的思想。

如此纯洁的白云，为何洒下如此肮脏的雨水？
必有人下了命令，必有人从中做了手脚！

雨大了，我们的悲哀收紧了，
闪电提示着黑暗的无边无际。

人生，其实活一半就够了，
另一半留给慈悲如破陶的母亲，

请她重新选择自己的父，自己的国，
请她在光明中将我们再生一遍。

消夏录

上午写了两首诗，午睡醒来
感到面目可憎，皆删去
顿觉世界神清气爽。

*   *   *

一年也可当作三天过：新春、立夏、中秋
往往芒种一过，我就开始陷入混沌。

*   *   *

入夏以来，就很少写诗。
不写，其实也是一种写，每次小便
都在草书一个亡字。

*   *   *

我有时会在梦中杀人放火，白天遇到警察
还是会绕着走。

*   *   *

什么都不做时，感觉最忙，因此
我没有真正闲下来的时候。

*   *   *

一个写小说的，写成了土豪劣绅
这也是没办法的事情——很多人一不小心
就有钱了。

*   *   *

有钱能使鬼推磨，推来推去的
有意思吗？

*   *   *

对我来说他世故得全无希望，
他总把落叶说成是二两铜钱。

*   *   *

我们在哪儿见过吗？三十之后
我基本就不记人脸了。

     *   *   *

我有时故意把一个字写错，以体验
暴君的隐秘快感。

     *   *   *

生活就是一则四则运算，
得负数和无理数是常有的事。

     *   *   *

读书，但很少读到结尾。我担心
每本书的结尾都潜伏着一个答案。

     *   *   *

读完一本回忆录，突然发现
不会写诗了。还是平仄的路子好走。

     *   *   *

讨厌他，就告诉他，这是一种美德。

*　　*　　*

这种事以后别再叫我，念诗就念诗
朗诵会都开始半个小时了，领导的话还没讲完
——我还没听说过有谁能领导诗人。

*　　*　　*

装什么装？不生虱子才几天？为了反对一切
假正经，什么茶我都摁到一个壶里泡。

*　　*　　*

孤独时，就照照镜子，在一阵犬吠中
寻找韵脚。

*　　*　　*

我还是对自己太客气了，自己就像
自己的一个客人。

*　　*　　*

最近偏爱听雨，这是不是一种心灵上的腐朽？
中年之后，再指责自己就难了。

辑四

冬天来了

冬天来了

冬天来了，孤立的时刻到了。

是不自由在为我们争取自由，
是星光在为黑夜颁发荣誉。

是枯木在认领前世的落叶，
是北风在自扫门前雪。

成群的乌鸦飞过丛林，必有一只
是最黑的；一只穿皮衣的大鸟，
敲响流亡者的家门。

是时候了，不能再给机会主义以机会，
不能再让天鹅恋上癞蛤蟆。

冷空气正在北方开着会议，我等着
等着你们给我送来一个最冷的冬天。

开会的时间到了

冬天来了，开会的时间到了
北风的担架手，抬来独裁者的假面

寡人有疾，寡人好烦
寡人偏爱有夫之妇。

掌声里，梅花又被弄了三次
一个女人在床上做了回领导

谁的鸟还没出头就被一枪打死？
谁能给这可恶的枪再来上一枪？

黑猫们在用万丈深渊教育我
神马对一片浮云展开了批判

盲象们还在深山里摸石头
流氓的队伍早已摸黑过了河。

我主要讲三点

现在开会。下面我主要讲三点：

是谁用电话召来了这头猛兽，还为他配置了黄金的笼子？
是谁打开了猪圈，让这些不洁之物与我们同槽对话？

是谁硬逼着河马长出了翅膀？
是谁在深夜敲响鹰的家门，并请它连夜去喝茶？

为什么我说话，解释权却在你们手里？
为什么说话算数的人尽说些废话？

天亮了，月亮怎么还挂在天上？它不是出国了吗？
希望它能为我们带来新一轮的西学东渐。

夜深了

夜深了，鸡鸣的时刻到了
请太阳再给月亮一次机会

有多少唾沫，就会有多少星星
有多少道路，就会有多少墙壁

月亮声称在天空它就是老大
仰望星空时我们又在仰望什么？

乌云在大雨中翻脸不认人
狂风吼叫着：出来吧出来吧！

这月亮，它究竟想干什么？
为什么需要它发光时它却躲到了云里？

谢谢这样的人

今夜，月亮一党独大
所有的星光都羞于闪烁

今夜，光明在黑暗中继续卖弄
迷雾在诱惑一朵小花提前开放

为什么那么多嘴唇不去亲吻却在废话连篇？
为什么那么多懂行的人却在不懂装懂？

幸亏还有几个因羞愧而提前死去的人
幸亏还有几个因羞愧而推迟复活的人
谢谢这样的人——

无题

昨夜风大，酒桌上的政治
和美学在推杯换盏。

陌生的客人要为我们上课
来自第一线的盲歌手在描述现场

虚无者多死于乐观
乐观者死于天天向上

谁在此刻沉默谁就拥有一颗易碎的心
谁在此刻开口必将遭遇政治的强吻

空空的楼梯上，一个影子孤单闲坐
悲伤的女人掌灯过来——

无题

和一群死胡同艰难地谈判
跟一把利斧磨破了嘴皮

与手拎人头的领袖交换战俘
向居于中央的蛛王谋求一张网

夏天，雪团在激动不已地聚集
冬天，干柴围着火刑柱，静静地

从伤口中生出一堆悲伤的好人
从血液里流出一片美好的晚霞

死亡的门槛一降再降
零度情感催逼着伤心人。

孤立与深渊

天亮了，夜雾渐渐散去
夜雾是死者送给生者的礼物

一颗星还赖在天边不走
难道它准备向太阳告密？

树叶在向北风挥手道别，它不知道
正是那阵风将它送上了不归路

北风让我投他一票
北风以为我也是落叶的一员

我只是祖国的异乡人
我有候鸟颁发的暂住证

飞鸟在申请一只笼子
天空为兀鹰打开了栅栏

孤独也曾为我架起梯子
尽头搭在一片浮云之上

攀登这么高，到底意欲何为
难道真的要去做神马？

我们不停地挖掉自身的基础
以便让自己更加孤立

孤立，但又不是在高处
深渊显示了我们的残忍与贫乏。

我没想到失败也可以迎来它的荣誉

春天，我曾去蜀地领取黄金

犹如火中取栗，大海里捞针

我没想到羞耻本身也可以获奖

我没想到失败也可以迎来它的荣誉

他们说这个人终于有了点坏名声

他们终于从骨头里挑出了鸡蛋

我知道，我知道

诗写不好主要是光荣太多

而光荣本应由乌云来安排

如果一定要光荣和耻辱走在同一条路上

何不将道路分裂成两岸

现在好了，马已饿死在草原

牛也被赶进了牛角尖

现在终于轮到小丑们登场了

小丑却突然扭捏起来

怀念

突然想起那些早逝的诗人
他们的诗集就放在手边
他们的音容还留在记忆里
他们的邮件还躺在信箱中
他们喝过的酒、唱过的歌、骂过的人
还一样清白、愤怒、无耻地活在世上
而他们
也真的跟活着时没什么两样
只是安静了许多
只是不再讲话
而我们这个世界
又多么需要这片刻的安静啊！

睡去原知万事空

夜深了，冬眠的人们
纷纷躲进了爱情的掩体

忧愁在与路人热情拥抱
大海打开了泪水的栅栏

绝望的人群在为绝望呐喊助威
冬季还邀来一场小雨一起哭泣

而悲伤早已弃我而去，
悲伤彻底拿我没办法

北风集合起落叶的队伍
向我做最后的道别——

好好活下去，还有很多事情
需要活人亲自来办

睡吧，睡去原知万事空，但不睡
梦想就可能过期作废

神马浮云，终成眷属
众鸟醒来，为我歌唱。

最后的黑暗

走了这么久
我们是该坐在黑暗里
好好谈谈了
那亮着灯光的地方
就是神的村落，但要抵达那里
还要穿过一片林地
你愿意跟我一起
穿过这最后的黑暗吗？
仅仅愿意
还不够，因为时代的野猪林里
布满了光明的暗哨和猎手
你要时刻准备着
把我的尸体运出去
光明爱上灯
火星爱上死灰
只有伟大的爱情
才会爱上灾难。

只有爱情……

只有爱情里

还有免费的午餐

只有爱情这只天鹅

才会冒着背叛整个天空的危险

前来安慰我

只有爱情

没有失去基础、词根和形而上学

只有爱情

还信奉多神教

尤其是哭神和酒神

只有爱情这位女同学

还记得同桌的你

混不下去的人

还可以混混爱情这个黑社会

只有爱情不反对资产阶级自由化

不反对多党制，不反对言论自由

这世道，只有爱情才可以救死扶伤

也只有爱情才可以一招致命

我们不在时，是乌云和小丑在天空舞蹈

是白痴主义占据了抒情的舞台

我准备与明月合作，去敲响你的窗子

我准备请闪电为我们照一张相
还在青春的花蕊中沉睡的小姑娘
该醒醒了，蜜蜂先生前来敲门
这位怪叔叔不是来收税的
他要为你送来爱情法庭的传票
在爱情的遗嘱里
你永远是我的第一继承人。

最后的雪

一冬无雪，仿佛悲哀没个尽头
春天临近，一场大雪为我们浮一大白

只有雪是免费的，希望雪不要落在
坏人的屋顶上，要落就落在鸽子的眼睛里

看，时代的清洁工又开始扫雪
要为我们扫出一条黑暗的通道。

黑暗来自乌鸦展翅飞翔的一瞬

窗外，大片的云在非法聚集
风暴宣读着远方的誓词
动物们抬起一具蚂蚁的尸体
闪电太猛了，几乎闪了自己的腰
鲜艳的救护车在安静地等待生意。

听说有人死于飘过屋顶的火焰
听说有人在床上发生了交通事故
空洞啊，空洞就像一座县医院
无望的泪水奔涌着寻找它的源头
黑暗来自乌鸦展翅飞翔的一瞬。

唯有死亡不容错过

——悼念史铁生

今天，太阳别出心裁地
从南边出来，哦，我总是
在最严峻的时刻睡过头。
据说死亡是一件
无需等待的事情
但再不去死，恐怕就来不及了。
今天是最后一天，这食人的繁华
就要接受烈火的审判
一切第二人称
也要受到黑夜的讯问
你从来不说你，只说我——
"我与地坛"
"我的遥远的清平湾"
你以第一人称死去
必将以第三人称复活
复活，是死者送给生者的
唯一礼物，作为时代的病人
我相信我也可以去死
我也有能力死，但就是
死不了。一代代人死去了
北风依然在给我们上课

闪电依然在与我们共勉
在死亡的最后一根稻草上
一只蝴蝶的翅膀
正掀起一场爱情的风暴
那就让死亡来得更猛烈些吧，死
是死不了人的。

一颗子弹在天上飞

一颗子弹在天上飞

一颗铜质子弹，反射着太阳的光芒

在天上飞

像静止一样，那样迅疾

在芝诺的直线上

飞

是什么样的基础、什么样的情仇

什么样的抛物线

将它送上了天

一颗子弹

一刻不停地

在天上飞

抬头张望的人

张大了嘴巴

无人知晓

这颗子弹

它到底

意欲何为

它在飞。

民国镜铨（组诗）

行者·饮冰

岸是革命的床。1898 年的那场雨
逼我远离，菜市口如同一面铜镜
为羞愧的远行者送别。
天下事，非燕安暇豫之可得
没有亡秦必楚的决心，不仅
无以成死者，也无以成行者
当一只东洋大鲲载我远渡
风雨灯飘摇在船头
彼岸风景迷人且虚无
东洋的歌声嘹亮，哦死亡的加速度
醉人的加速度
那种催促，那种改过自新的煎熬
将我劈成两半——
吾爱吾师，吾更爱真理、美人和枪
再一次，当我回到岸上
饮冰，履霜，含章，直方
人生的屡次低徊，都像一条历史的
死胡同，在最完美的绝境柳暗花明
故国埋人啊，每天躲在垂死、忧患
和夕阳里，等待那艘亡国的酒船
是该向晚霞说再见的时候了

老树们因不再相爱而加速了衰老
整个华北平原在蒸煮一条结冰的鱼
革命是一把左轮，中医却偏爱右肾
老夫命中注定，死于三月二十七日
可怜松坡命短，而徽因她还小
美是美人的杀手，历史的夜航船
将载着多少传奇，寻找新的彼岸。

刺客·沪宁车站

那身穿黑色燕尾服的年轻人
将是今晚的主人，看他们谈得
多么尽兴，仿佛历史已加速晃动
今晚他们就要北上，而我的使命
是让那个年轻人就此永恒
我是谁，这并不重要
我可能只是黑色火药上的一点火星
我们无冤无仇，但一颗自己人的子弹
跟他过不去。
外面在下雨，火车的白色蒸汽
制造着民国的烟幕
远处的街灯昏暗，一双眼睛
在酒杯和乳房之间盯着我
还有时间，还可以饮下这杯清酒
瞧，他们出来了，这帮跟民国一样
年轻的先生们，就要成为今晚新闻的主角
我把酒杯轻轻放下，那一瞬间
侍者的眼中闪过一丝惊诧
沪宁车站人群涌动，一株木槿
在雨水中刚刚绽开绿意
多么美好的人间啊，我对着那年轻人

的背影，轻轻扣动扳机——

"九泉之泪，天下之血。

老友之笔，贼人之铁！"①

哦，上帝，多么美丽的一朵恶之花！

---

① 于右任所撰宋教仁墓志铭。

上街吧，青年

昨夜的雪让黎明的江南增加了几分无畏和疏远。

几只狗踏着雪穿过飘满印花庭院的小镇。

我听见沪宁道上的风宣读着判词，而国家的囚车前
　　闪过一张张年轻的面孔。

又一个无用的、深埋的夜晚！我没想到我的诅咒根
　　本无力。

他们依然在用王法为我辩护，用初生的理性和不满。

已有人为我准备好奉承，只等我向良心的法庭投案
　　自首。

他们说我是个人物，是个人物，为何我却在这五步
　　之内看到了一头满脸沮丧的困兽！

还是来分享这监狱内墙的风景吧，这才是值得一试
　　的生活。①

唯有囚徒才配享自由，也唯有对手才可以给我尊严。

上街吧，青年！你看这雪后的人间是多么的干净，
　　麻雀的惊慌是多么的美。

上街吧，青年！你看孙打败吴吴打败段……这世界

---

① 　陈独秀名言："我们青年要立志出了研究室就入监狱，出了
　　监狱就入研究室，这才是人生最高尚优美的生活。从这两处
　　发生的文明，才是真文明，才是有生命有价值的文明。"

一直在几个兄弟的手中轮转。

上街吧，青年！那沉睡的巨人在吞吃你的梦。死
　　亡在剥开无尽的同心圆。

上街吧，青年！没有哭过的灵魂得不到祝福，没
　　有飞过的翅膀抵达不了云端。

1919·致先生

他们已经去了，先生

此刻他们已穿过了前门大街

他们穿过御河桥进入了石大人胡同先生

他们去了但他们中途遇到了铁

他们遇到了铁先生他们遇到了沉默

他们去了他们几乎是哭着回来

他们走到了光明不曾存在的地方他们遇到了火

火吞下他们的影子但有轻柔的雨洒在老屋顶

他们走散了他们彼此寻找并再一次集体哀悼

你知道他们在哀悼什么吗先生

他们在哀悼体内那盏禁欲的灯

他们在哀悼无法奔跑的水泥膝盖

这时代的赌场在重新洗牌先生

而我们的青春都快要输光了

你看这四月仍有严霜的气息

一束老年之斑开放在私语的塔尖

我们被老灵魂们照顾得太久了

狼毫上一直在滴着先生们的血

而那自老年的昏聩中修得的安宁

我们终将得到，先生，我们终将被馈赠。

那五·清朝的月亮亡了

你们还能看到月亮吗?
清朝的月亮已经亡了!
昨夜我在墙头看到的那枚月亮
怎么看都像乱党
只有诗词里还有一轮满月
只有满月的孩子还有一张笑脸
星星们都开始起来造反了
清朝的月亮彻底亡了!
小翠也已被她的兄弟接走
他们驾着驴车,穿过米店和当铺的玻璃
他们走远了,汇进了一场葬礼。
他们不仅放弃了爷的锦袍、蛐蛐和白癜风
还放弃了银子和前程!
而她留在我耳边的那一串轻唤
依然像一罐银子那样叮当作响
清朝的月亮亡了
连诗词都不愿再裹小脚
连加减乘除都拿起了武器
亡了,惟西山可栖残月
唯府中青杏尚可召呼——
快拿爷的灯儿和枪来
烟枪有多长,爷的梦就有多长……

小休集·读《双照楼诗词稿》

今夜，悬窗就像半尺宣

写满了判词和七律

诗乃狱中绝学，不坐牢不知

人生该押什么韵

黄昏，牢头送来伊的一行泪

季子平安否？

现在终于平安了

平安地等待人头落地

民亦劳止，汔可小休

这夜半的残月

如你十七岁的腰身

陪我最后的温存

余平生之志

扫叶吞花，总是

激情有余，而历史之偶然

宛如半夜的一泡屎①

让多少英雄折腰

今夜我们且小休

_____

① 1910 年 4 月 2 日夜，北京鸦儿胡同的一个居民半夜出来拉
野屎，偶然发现有人在石桥下活动，报官，汪兆铭行刺摄
政王事遂败露。

一
三
七

让扫北的落叶独自飘零

待钟声鞭挞朝霞时

一颗少年的头颅

将为你献上深情一吻。

新月派·撞山[1]

你看，我最终还是飞向了你

天空才是我们的床……我听到风

被邮政的美切开，一种江南银器的

刮擦声，一直响在耳畔

终于逃离了那绿手掌的追讨

这溃败的一半，在将我撕碎

我是天下美人负心的骑手

我将代表历代才子去爱你

而爱就是一场催眠，北平啊

想起那撕碎信物和照片的雨夜

何妨将爱过的人重新再爱一遍

但雾太重了，山在向我聚拢

如倦鸟投林般，云中铁

一次次做着完美的空翻

短时的恍惚，几乎可以确信

我来到了一片光明之地

---

[1] 1931 年 11 月 19 日，徐志摩搭乘中国航空公司"济南号"
邮政飞机由南京北上，他要参加当晚林徽因举办的一场建
筑艺术演讲会。当飞机抵达济南南部党家庄一带时，忽遇
大雾，飞机撞上白马山（又称开山）。机上三人全部遇难，
徐时年 34 岁。

那里，已有人在墓中为我点亮灯
爱真是一场伟大的催眠啊……
我睡了……他们说雨在外面哭
我听不到了听不到了……

气节·批三国

1937年，周作人教授拒绝南下
他的理由是：他得照顾鲁迅的娘

而陈散原已经走不动了，在北平一病不起
但拒绝服药，他宁肯死在一片亡国的落叶里

陈校长援庵独在城楼口占："登临独恨非吾土"
越登高，就越有往下跳的欲望

小汉奸胡兰成在温州城嘀咕了一句：
"汪蒋毛，也可作三国看。"接着就泡妞去了

问题是，气节怎能随节气而改变？
东洋的马刀已切掉多少文人的阴囊

唉，文人都是酸的，而国运多呈碱性
这时代，也许多做爱才能少犯错。

怀霜·多余的话

天空的深渊已经挖好

阳光像急雨直下

向蜂鸟那令人目眩的悬停

向三十年来垂死的道路

挥手告别——

现在，我们可以走了

走着走着，道路就立了起来

三人组成的行刑队

在围捕我们的主义

已忍伶俜十年事，心持半偈万缘空①

书生错了，书生不该持杖

全人类的导师，就此别过

此地甚好，这里有雨的微醺

有吞吃年华的块菌

且让我去填满那食人的深坑

同志们，除了牺牲，我们还能怎么办？

我说开始，我们就一起往下跳——

---

① 瞿秋白狱中绝笔诗。

安魂曲·为无头的人称量一斤稻米

火，从历史的静脉寻仇而来
我们被指着说：你，为什么不去打仗
火不说谎，就像积弱的枪托射不出爱
我们奔突于头皮发麻的宿命里
与每一块焦土搂紧了亲热
没人帮我们死，我们就自己去死
舍弃前妻的爱，舍弃无人称的爱恨交织
任乡间的田产被乡亲们占据
任母亲的床越来越抽象
我们，无头的人，在挽救一个破碎的国
任历史在山沟里被屡次改写
而死者的代表终将举起手来——
今夜，请每一个无头的墓碑
前来认领一个名字：无名
那走成背影的人，终将被前人哀悼。

雅舍·局外人

革命在窗外，我们在床上，
夏日炎炎像一支非洲的军队。

雅舍的黄昏总有脂粉的浅笑，
午夜的电话像一场沦陷的夜哭。

要知道鲜花已和牛粪结盟，
坏人也可能来自我们中间。

要注意刀子从书里冲出来，
借出去的仇恨终得归还。

关于阶级、抗战和第三种人，
就算我没说，公道自有春秋。

还是去爱吧，一个声音说，
只有爱情里还有货真价实的眼泪。

那丧家的、资产阶级的乏走狗
独自升起一顶盲目的帐。

野百合·解放区的天

从一朵遭秘密审查的云开始
解放区的天在一阵雷鸣中自新

天空清新得像刚刚哭过一样
一颗孤单的头颅在井底眨眼

当我向革命致以野百合的敬礼
一口枯井便成为我苦难的天堂①

一把犁耕过，一列队伍踏过
这是一片更换了主人的土地

没人知道我的下落，我只存在于
革命的角落里，刽子手的噩梦里

但革命没有刽子手，就像鲜花
没有对手，天空没有主人

革命就是一道南墙啊，只有撞上去
才知道，你才是自己最大的敌人。

---

① 延安整风时，青年王实味因《野百合花》一文被捕。1947
年7月1日，队伍东进，康生下令砍了王的头，弃之于枯
井之内。

要有光·墓中回忆录

"——我听见斧头劈开枪托的声音
我听见一阵杂乱的脚步声穿过广场
我听见有人轻轻推开沉重的墓门
那身穿缁衣的青年带着北方的冷
带着熄灭的灯前来借取火种
难道至今天还没亮吗？
难道世上的光已被野兽饮尽？"

"——我们在空旷的墓中待得太久了
藏身于全集，被历史的黏土重塑
再没有人紧跟死者的脚步了
再没有人用我们的嘴说话
我曾深陷于那地上的光
但光照见的全部是黑暗！
我早该告诉他们，世上本有路
走的人多了，也便没了路……"

"——跟他们说实话吧，告诉他们
我们不是导师，不是方向
只是两颗孤独的骰子在世上滚
我们的脚已生根，头发长成光明的树

告诉他们唯有那头顶的光是对的
请信任那光，朝上生长吧
不要在我们的墓前哭泣和索取。"

"——但他们仍然爱着你，当你
从枪声中离开，你走得有多仓皇
他们就有多爱你。该怎样提醒他们？
当我沉默的时候，我感到充实
我将开口，同时感到空虚……
这么多年，我做的唯一有效的工作
就是离黑暗更近了一点。"

"——对青年，似不必绝望于虚无
告诉他们，去追求你个人的自由
便是为国家争自由……但他们转身
就开始谩骂，我知道这骂声里有蜜
我承认，我们还走不出这气候。"

"——如果是我，便一个也不宽恕！"

"——但宽容总比自由更重要。"

"——他们至今还在讨论着我的生与死
生从来都不是问题，关键是死——
是死在咯血的路上，还是死在一片掌声里。"

"——我记得你死在租界偏僻的小巷，
月亮清冽，仿佛那年元月雪。"

"——你听，今夜的雷声又在查抄谁的著作，
那翻墙进来的，是行者还是死者？"

"——我曾看到窗口有灯光亮起，
似有流亡者回到家中。"

"——还有几只驯服的鹰在站岗放哨，
两个身穿雨衣的人在街头拉琴。"

"——终于有人从白话文里揭竿而起了，
只可惜至今还未有伟大的事物出现……"

尾声·煮沸的生活终于凉了

煮沸的生活终于凉了
出租面具的人
忙着更换政治的假面
有人躲在世上的某处哭
有人在风中搬动地平线
历史就像一盆浑水
等待恶人前来改写
我们安于蜂箱里的秩序
等待那被我们打倒的人
重新在我们身上站起来
只有这分崩离析的时刻
才向我们裸裎了
命运的本质
不过是一场轮回或戏剧
愤怒曾让我勃起
让我想操这个世界
而眼下的这场胜利
为何总有一种失败的感觉?

(2012-7-12)

高启武传

河堤记

　　高启武，我爷爷，鲁西单城一乡民，生于公元 1923 年，卒于公元 1988 年春。启武性良善，幼年失怙，家贫无以计，遂与其兄二人立于黄河故道之大堤下，为过往客商拉车助力为生。其时尚年幼，孤儿寡母，生计惟艰。

今天，一小块浮冰的闪光
安慰了他，严厉地，安慰了他
他刚刚哭过，在一阵肠鸣中
在兄弟的教育下，今天
一小块黑窝头安慰了他，长长的
斜坡不再辽阔，四十五度
不再呈直角。
他刚刚哭过，在光滑的草绳里哭
在北风的棉絮里哭
他的兄弟打了他，他不该出门
就喊饿，但今天
一阵和煦的南风安慰了他
河柳安慰了他，他刚到
堤的南岸撒过尿，那泡尿
也安慰了他。他不小了，北平

降下了五色旗，县太爷
改称县长。刚刚，一位安徽的盐商
给了他一口馍，这馍馍安慰了他
母亲做的鞋子安慰了他，每天
在长长的河堤上推和拉，在南岸时
一阵轻快地下坡安慰了他
下坡，他的梦里
都在下坡，因此，他的梦也
安慰了他。刚刚，地主家的长工
捎来消息，母亲让他早点回家
这消息安慰了他，最严寒的冬季
已经过去，柳花开，槐花开
茅根长出喜人的芽，这乐观的
季节在安慰他。他不想再找地方
去哭，不想再与兄弟争吵
长兄为父，难免出格
今天，他想听话，系紧腰里的
草绳，十一岁有把子力气
上坡或下坡，推或者拉
这谋生的游戏安慰了他
民国二十一年，袁大头已
变成冤大头，这消息像笑话一样
安慰了他。

翻身记

公元 1949 年，国色变，耕者有其田。有地富横行乡里者，杀之于田畎。启武娶妻邵氏女，貌姣好，惜跛足。有男二，女三，后皆成人。改元后，启武以家贫，得地数亩，耕作为生。

一个男人扛着一副犁从地主家出来
他酷似我爷爷，满心的喜悦带着一丝愧意

另一个跛脚的女人，裤脚肥大，头上一枝花
后面跟着我咕咕叫的姑姑

钟声，枪声，喇叭，"有仇报仇，有怨抱怨"
我爷爷紧闭柴门，带领一家人喝粥

夜里狗叫，不是鬼子进村，是乡上的书记
有人了解他的底细，让我奶奶不要出门

一个地主被杀了，带来了更多的地主
这胆小的男人伸出一只脚，另一只脚留在身后

一个富农被打倒了，另一个从政治上重新站起

我爷爷挺了挺腰杆，有点硬，有点疼

开会，开会，大字不识的人读书三部
家谱的位置换成了毛主席

爷爷，你告诉过我你是何时吃饱的吗？
你告诉过我你从来不缺阶级的敌意

第一个春天麦子长出了种子，第二个春天
种子开始发芽，这是小麦的哲学，主义的胜利

一个男人偷偷趴在水缸上哭，你哭什么呀
你哭什么呀！

他就是不停地哭，不停地哭
哭他的祖坟长在了麦地里！

粮食记

公元 1952 年，行"肃反"，"农业合作化"始，土地公有。启武以贫苦而性善，根红而苗正，委以民兵连长、小队长之职。公元 1958 年，行"大跃进"策，人民公社化，"跑步进入共产主义"。越半年，"反瞒产私分"诏下，民有饥色。启武以先进故，言于县衙之八千人大会，揭缺粮之状，乡民之饥，旋被下狱。是年冬，民大饥，赤地千里，野有饿莩。

有时给你一点教训，让小小的信史
变得生动。八千人啊，民兵连长同志
八千人等着你去说谎，八千人
等着你来犯错
但我们没有粮了，这千真万确
我们无法过冬了，这千真万确
我们的孩子在挨饿，这千真万确
八千人抓住了你的脖子，将你垂直地
从同志打回敌人
这黑暗的牢房，地主的粮仓，你再熟悉不过
民国二十八年，你从这里得过施舍
民国三十八年，你从这里领过麦种

现在，你有一种强烈的
互称同志的愿望，但一生的谎言
都说遍了，仍然不够
你努力回忆：藏在屋顶的钟
藏在泥墙里的铁
藏在女人身上的棉花
但仍然不够，不够伟大，也不够正确
不够与这个世界团结起来
"旧社会，可不是这样的。"
现在，你是在
阶级的边缘，乡村政治的脸
说变就变，你要相信
粮食来自天上，吃饱了饭的人民
是多么的露骨，你要相信
你的小儿子就是喜欢啃树皮
你的大儿子不是水肿是阶级的虚胖
你的老婆子不是不能生她只是
政治性的月经不调
你要相信，所有的铁都属于集体
所有的碗都团结为公社，现在
你要大声赞美那雪白的粮仓
那逃亡的麻雀
当口号变作口粮，乌鸦倒在
阶级的虚线上，你该怎么办呢
民兵连长同志？
你要大声赞美、欢呼、万岁！

牛棚记

公元 1966 年，"文革"始行，天下争颂"毛主席是世界人民心中的红太阳"。启武被贬为生产队牛倌，入住牛棚辄数年。然其天性乐观，对牛弹琴，练就耕作绝技。余年幼时，尝与其同宿牛棚，祖孙二人，其乐融融矣。

现在，爷爷，请你跟我来
到我的童年，在一间
牛棚里，在几根牛尾间，我们来倾听
那集权的钟声，牛虻与耗子的合唱
在这有限的重逢里，让我们
屏住呼吸，在我扁桃体的
淡淡忧伤中，共度这
集体的夜晚，牛轭的夜晚

是的，我干过不少坏事，你
不在时，我让牛与马交配，我砸碎过
生产队的犁，往食堂的锅里撒尿
我偷过苹果花，那是因为我饿了
我偷过香油坊，那还是因为我饿了
我不饿的时候，偷偷用牛绳荡秋千

现在，我希望你能回来，特别是
在这祖孙的夜晚，听你唱小曲，唱
社会主义好，你一唱我就哭
哭我离家的父母，哭我赌场里的爸爸
多有意思啊，你说，你迷人的大手
将所有的牛眼瞬间擦亮

爷爷！我喊你仿佛
你还可以听见，还可以回头
微笑。我闯过几次大祸，这你知道
我往小学校门上抹屎，你对校长说
屎是个好东西
我偷你的钱买画书，你说
书是个好东西……哎，老头儿
我这样叫你是不是很亲切，很无礼

现在，我希望你还能哭着回来，带着
你童年的那根草绳，带着你的
小鼻涕，我们一起来回忆
昨天的你，今天的我，仿佛
你就是你哥哥的小兄弟而我们之间
也并没有隔着一个父亲和儿子
——我们来一起唱：社会主义好，
社会主义好！

墓边记

公元 1978 年，行政革开放，土地承包。启武以其耕作之技，交誉乡里。公元 1988 年春，启武以肝疾，入乡医，不愈；入县医，不治。抬至家中，腹水如鼓，逾月而终，享年六十有六。终前，语其长孙曰："吾一生，苦甚！汝当努力为学，食官粟。"

总之，我没有说出我想说的，除了几滴墨水。
我没有说出枪口，它有时指东打西；没有说出
死亡，毕竟，在成堆的死亡面前
我叫不出那些名字。我没有说出墓碑
在成片的麻雀眼中，我也没有说出贫瘠
毕竟，活着的还有大片的乌鸦，我说不出口。

我说得出口的只是你，草绳的爷爷，黄土里的
咳嗽。今天，我要跪下说，以你爱听的呜咽
说：草民的一生，土坷垃的一生，以及白霜中
干屎的一生；说：梨花的一生，白铁皮的一生
谷仓耗子的一生，补缀的一生

我说这些不是为了让你更尖锐，更深情

你死了，死的意思是

我们终于有了同一个父亲

而我还活着，还可以说：启武兄

在这块集体的土地上，你就

凑合躺着吧，这里有你的祖宗

有你的父母，有你

爱吃的青草和盐粒，作为你的孙子

我既不是在歌唱，因为歌唱里没有敌人

也不是在哭泣，因为哭泣是个负数

我在抽象地思念你、还原你、答复你！

（2009 年 4 月 15 日）

辑七

小叙事诗

二十年后重返东北农场

傍晚，在院子里一间简易的
淋浴室冲洗。小小的淋浴间
用几根原木搭成，周围挂着布帘
头顶是一个水袋，和燃烧的星群
山风吹来，轻抚着体毛，微凉
沙沙的，仿佛野猪在拱篱笆门。
几乎没有人。很少的灯光。
舅舅在院子里与邻居闲聊。
二十年前，我也曾在这样的夜空下
听反舌鸟孤独的鸣叫，幻想着离去
谁知道这一走就这么多年……
也不是惆怅，只是有点疑惑，以及
那种赶路太久的人难以收拾的感伤。

河滩

河滩的风有些凉意，除了几堆
篝火，没有其他的光。一伙人
围着火堆唱歌，跳舞，山涧的水
哗哗流淌，月亮升起之前，繁星满天
在去取羊腿的路上，他悄声问我
和一个女人生活多年之后，会不会
厌倦，我说不会，因为厌倦是一种
偶发情绪，它会自己填平自己。
整只羊腿，吊在营地后面的炉火上
像个被人碎尸的女人，他轻轻取下
怀抱着，像一个孩子，恍惚间
羊腿掉在沙滩上，沾满了细沙
他定定地看着那只羊腿，像看着
被杀害的前妻。他说他不恨她
虽然她曾和那个混蛋搞在一起
是他亲手将她推了出去，而厌倦
才是真正的凶手。令他不解的是
为何厌倦没有在她心中再生……
远处，一轮红月亮自山坳升起
山涧闪着波光，陈旧的欢歌与新鲜的
人群，多少爱与不测充斥其间。

祖母

她已老迈如炉火将尽，微暗的火
像睁向人间的半只眼
儿孙满堂只是一次幻象的轮回
更多的亲人在另一个世界等她
我还是无法理解这老年之乐
仿佛活着只是在尽一份责任
早有几个儿女显得颇不耐烦
表演出来的孝心过犹不及。
上帝啊你教我们爱但爱是天生的吗
有时候我们爱朋友更甚于爱亲人
但我知道没有她就不可能有我
循此逻辑我的生命可能来自
某一颗冥冥之中的受精卵
多有意思啊我们之间并没有多少爱
但我们的关系组成了一条生命之链
这链条之上有难言的爱，有深埋的根
有历代承嗣的源头与诸神。

姨妈

她已多日不能坐起，她的七个女儿围着她
她相信自己会好起来，因为医生向她保证过
她不清楚自己到底得了什么病，大家都
心照不宣地瞒着她，暗地里加紧赶制寿衣
她一共生养了八个女儿，只为得到一个儿子
但最终也没有得到。
她喜欢我这我早就知道，无论我闯下多大的祸
她都会原谅我仅仅因为我是一个男孩
我去看她时，她强撑着从床上坐起来陪我说话
说为什么这么多年也不来看看她
哦我能说什么呢
我只能说我很忙但我的确没那么忙
我能说我把她的一个女儿弄丢了吗但这已是多年
　前的事了
我不说她也早已知道她最不喜欢的那个女儿被我
　带到城里
结果再也没有回家
我能说我这不是来了吗但我的确是来晚了
她快不行了，腹部盛开着一朵恶之花
哦姨妈，你就好好躺下休息吧
这次躺下你再也不用急着早起

临别时我紧紧拥抱了她我知道
她一定会吃惊我为何要用这么大力气
我使出了吃奶的力气我想这一抱之后
也许就要到另一个世界才能相见了
我知道死亡是件迟早要发生的事情只不过它现在
就要发生了。但想起在她身边度过的童年，想起
那空空的老怀抱的冷，我还是忍不住
大哭了一场——这不敬的、提前的哀悼。

爱情与枪

——为表兄小宝写的一首小叙事诗

我们踏着山坳的新雪
咯吱咯吱地往林中走。
草堆、车辙、动物的蹄迹
被新雪覆盖，下面是陈年的冰
林子像雪地里的泼墨山水
有大片的桦树、橡树和小马尾松
今天是个好天气，四五级的北风
吹起林间雪，雪末飞舞在阳光里
像一种青春的幻彩。
我们呼哧呼哧地走着，哈气成冰
在靠近林子的边缘，一头鹿的形状
印在雪地上，有大片的霰弹和血迹
这不是野餐的季节，却是猎鹿者的天堂
守林人的小木屋，像负雪的孤松
挺立在山岗上，大团的云从山上滚下
在一处背风的山坳，扫开一片雪
将啤酒、红肠、鹿肉摆在石头上
再捡来桦树枝、带雪的冬青、缀着
小球果的松枝，迎风燃起一堆火
表兄的秃头在火光下闪闪发亮
他有点不幸，三岁时掉进过火坑

八岁时学会了打架，十一岁被学校开除
他有过短暂的情史，爱上一个瘸腿的姑娘
他给那姑娘提水、搬煤、偷伐林木
为了躲开守林人的眼睛，他冒着大雪
进山，我至今记得他肩扛桦树
在雪中飞奔的样子。
他花了一年时间偷原木，锯木板
为那姑娘搭起了一座小木屋
他们在松脂的芳香里狠狠地做爱
直到那姑娘倒进另一个瘸子的怀抱
秃子输给了瘸子，表兄心有不甘
但是没办法，那瘸子手里有枪
有枪才有爱情，有爱情才有姑娘和性
因此，枪是逻辑的起点。表兄指了指
西山，"听说山里有鬼子留下的
军火库，我们要想办法搞到。"
表兄在"搞"字上加重了口气
我们就着火堆喝啤酒，吃鹿肉
畅想有朝一日拉起一队人马
占了那西山，抢民女，拉民夫
在西山之阳占山为王……
天渐暗，林中的火光越来越亮
我们将剩下的鹿肉埋在雪堆里
幻想着用作春季进山的粮草……
那年的篝火，一直燃烧到现在

但表兄小宝已多年没了消息
不知他是否进过西山，不知他搞没搞到
武器，但他最终死于枪下，这确凿无疑
他用一把自制的假枪
去抢卫兵的真枪，这消息我从网上
得知，仍然觉得不可思议。

拉卜楞寺的雪

——神啊，请您赐我那最为关键的一行……

中巴车在甘南的山间迂回，云像地毯
铺在大片的黑苔草、驴蹄草和垂头菊上
远处，不时闪过几头牦牛和藏民的毡房
汽车喇叭里循环播放着绿度母之歌。
开车的哈萨克小伙子随着颠簸的节奏
吹着口哨，领袖像在车子的上方摇晃。
我们端坐着，沉默如一车待宰的羔羊。

有一段路程，我似乎在绿度母声中睡着了
醒来后，一股浓烈的羊膻味，伴随着檀香
一个裹着披肩黑袍的姑娘，坐在我身旁
她像一只羞怯的乌鸦，仄斜着身子，
半坐在座位上，用沉默与我划清界限。
我能感受到她奇异的美，像挂在高处的
热带水果，高贵、易损而又不可企及。
是什么罪孽造成了这种分离？当她起身时
匆匆望了我一眼，那清澈、无罪的一瞥
仿佛某种被称作源泉的东西在她身上复活。

从兰州到夏河，一路要经过几个集市和小站
中巴车停靠的瞬间，小贩们便蜂拥而至

每个人都扯着嗓子大叫：茶鸡蛋、牦牛肉、冬虫夏草！
你能感受到他们体内燃烧的熊熊欲望——攫取！
而这正是我们自身贫贱的标志。
那一路长跪而来的朝拜者，从不为索取什么。
从雪山下来后，我就在寻找一处安静的洼地
多日的爬坡、攀登、缺氧、短暂的失忆
都没能剿灭内心的狂躁。我不知道我想要什么
相反，倒有一种强烈的想失去些什么的愿望——
失去但不是放弃，除了赤裸和死亡，又能失去什么？

车过临夏，上来一个背包客，帽子上缀着一颗
大卫盾。哦，一个危险的过客，仿佛穆罕穆德
骑马来到耶路撒冷，又仿佛罗马人来到了
波斯人的地盘。车资二十五元，他掏出五十
却没有找零。"money！"他愤怒地伸开五指
"twenty-five！"我记得这抗议声也曾回荡在
晚间的电视屏幕上，引来的却是无边的沉默。
开车的小伙子回头笑笑，手腕上露出一串醒目的
刺青——"持刀者终将死于刀下，不持刀者
将死于十字架下。"愿真主亲吻你的盾牌，阿门。

途中上来一对愁苦的藏族夫妻，他们的
全部家当就是一张用作被褥的熟牛皮。
男人高大，黝黑，苍老，身上只穿了一件
皮袍，在他敞开的胸膛里，裹着一个孩子

像一只瘦弱的羊羔，瘦得已睁不开眼睛
他的老婆说着藏语，旁边的回民给我翻译：
孩子病了，拉肚子，要到县里给孩子医治
他会死去吗？他们那么穷苦，但正是这纯洁的
苦，取消暴力的苦，让他们实实在在地活着。
我把身上全部的零钱掏给了他们
这不是怜悯，这只是我内心最卑下的情感
愿他们用善信怜悯我这个可怜的人。

夏河的黄昏，七月里已然大雪纷飞
大夏河水在小旅馆的窗下奔流不息
灰蒙蒙的小广场上游荡着转经筒的藏民
美妙的诵经声从最潦倒的醉汉口中飘出
恍惚间仿佛来到了苏格拉底的雅典广场
雪花不分善恶，降临到每个人身上
雪落在草原上，就像月光落在海里
草原阔大得足以取消怨恨，足以盛下这场雪

一朵积雨云可以分裂成无数雪粒，一片土地
又将它们重新收集，而我却是分裂的，苦涩的
拉卜楞寺就在不远处，像群山里的一窝鸟蛋
那是善与恶的塔尖，是为苦难者建造的天堂
唯有内心的平静才能把人带到这迷人的洼地
我觉得我已将人生的巨石推至山顶

现在是让它自由滚下山坡的时间了
大雪一夜未睡，世界重新变得满盈
出发之前，我要先去找家酒馆喝一杯。

巴登维勒^①

我会在春天，和融化的雪一起离开。

——安东·契诃夫

I. 雷蒙德·卡佛

我告诉你，我抽了四十年的烟，喝了三十年的酒
死神是我主动邀请的客人。但安东·契诃夫不同
这位贫穷的大师天生就不该死在这该死的病上
这就是他妈的命运，但我求之不得。
他是那样谦逊、安静、大度地，和他的结核病
做了多年朋友。我只有在酗酒、写作和钓鲑鱼时
才是快活的。这就是我的不幸，真的，我告诉你。

II. 列夫·托尔斯泰

他写得多好啊，就像贞洁少女所绣的花边
我这么说时，他就害羞地低下头，沉默着

---

① 本诗参考使用了内米洛夫斯基《契诃夫的一生》和雷蒙
德·卡佛《差事》等传记资料。

细心地擦拭他的夹鼻眼镜……
我喜欢这个连走路都像女孩子的天才
他真的无可挑剔。我曾在他的病床前
向他阐述灵魂不朽的理念，看来他也许真的
不需要这些。他总是那么平静、耐心与温和。

Ⅲ. 西维尔医生

七月的巴登维勒正遭受着热浪，所有的窗子
都打开了，依然没有一丝的风。我的病人
快不行了，我曾建议他食用些浸泡在黄油里的
可可粉和燕麦片，临睡前喝点草莓茶，除此之外
我也无能为力。那个晚上，我数着他的脉搏慢慢
从 1 变为 0，0 就是结束，对医生来说，是这样。
那个夜晚，没有人声，没有喧嚣，只有宁静、美
和死的庄严。一只黑色夜蝴蝶飞进来，将油灯扑灭。

Ⅳ. 雷蒙德·卡佛

他在临死前还要了一杯香槟，啧啧，一杯酩悦香槟
医生在开启香槟时，尽量避免瓶塞发出那种欢快的
爆破音——"砰！"就是这样，但我喜欢。
"真是好久没喝过香槟了。"他跟医生说，然后

一饮而尽。一分钟后，他就死了，他的"小马"
守在他身边。是的他叫她"小马"，有时也叫"小狗"
"小乌龟"。她没有哭，只是静静地看着桌上的瓶塞
"砰"的一声再次蹦出来，泡沫顺着酒瓶流下……

V. 马克西姆·高尔基

安东离去时，我正在芬兰的细雨中发烧。
大炮对着朱诺堡轰炸，探照灯伸长了夜的舌头
战争这头怪兽正从远东横踏整个欧亚大陆。
安东的棺木被放进一节绿皮车厢里，车门上写着
两个大字：牡蛎。他被错认为从满洲运回的
将军的尸体，一列军乐队和盲目的人群为他送葬
后面跟着挚爱他的两个女人——他的妻子和母亲。
他是带着爱离开这个世界的，他离去得恰是时候。

西尔斯 - 玛利亚

八月的西尔斯 - 玛利亚，飘起了雪花
旅客们走光了，只有我一个人滞留
正午，一阵鱼群般激动的冷，那是
我不曾离去的精神，独自站在
这高处，将自己逼近伟大的困境
衣襟掩着雪，像重估一切价值的榔头
将痛苦演奏成不治之症。高寒的孤独
多么宽广，鸽子的目光多么可怜
世界不是缺少爱，而是不爱，是空旷
是兴高采烈的厄运和不可避免性
不要再将我混淆于：临界的雪，雪中
哭泣的马……现在我告诉你们：
上帝死啦！我就是那大笑的诸神——
我已离去，请不要再连声说对不起。

想不撒谎真难
——维特根斯坦：天才之为诗人

想不撒谎真难。撒谎就像咖啡里的
那点甜。没有比不欺骗自己更难的了。
我们的愚蠢也许是非常聪明的。但我
从不在哲学上撒谎。清晰是一种道德。
不能说出的东西，必须对之保持沉默。
在生活里，我的天性仍强烈地倾向于
撒谎。肉欲尤其让我沮丧。昨天我又
陪他走了很远，沿着海边的松树林
我们像两只并肩站在沼泽里的牝鹿
这有多坏？我不知道。我知道它是坏的。
今天回到我乡间的小木屋，有一点沮丧，
有一点甜。我快要死了你知道吗？
在病榻上等死，就像一个人悲伤地在恋爱。
他们说我没操过一个女人，这不是真的。
爱是一种欢乐，虽然是一种夹杂着痛苦的
欢乐，但仍然是一种欢乐。哲学却没有
自己的体温，它只为苍蝇指出飞离捕蝇器的
道路。一个人要有多孤独，才肯坐下来
跟自己谈谈心？逻辑冻人，哲学真应该
写成诗啊。我知道没有几个人能够懂我。
仅仅领先于时代是没用的，因为时代早晚

会赶上你。关键是让自己领着另一个自己

艰难地迎向那光。诚实的人们应该互相鼓励：

"慢慢来！"让思想像水泡一样慢慢上升到表面

我们的思想不发光，但有一道自上而下的光，

那是什么？是上帝吗？和解的时刻就要来了：

告诉他们，我度过了极好的一生。[①]

[①] 1951年4月29日，刚过62岁生日的维特根斯坦因前列腺癌去世。失去意识前他说："告诉他们我过了极好的一生。"

问自己

  ——你要诚实地回答……

1

树枝上的鸟和果实，你爱哪一个？

你爱她还是它？如果她已不再是它？

也就是说，如果她已消失，你会不会爱上地上的影
  子和雪？

当你说到爱，你到底是在爱别人还是爱自己？

除了给她孤独的爱，你还给过她什么？

她刚出生的时候，你在爱着谁？当她老了呢？

你向一朵花撒过谎吗？她曾那样天真地看着你……

当陪审团里坐满了她和她，你又该当何罪？

当你自我审判的时候，你为自己做过伪证吗？

在那重新爱上你的人里，有没有你昔日的敌人？

自私像一条微茫的阴道——你在插入时想到了什么？

2

在被热情拦腰抱住时，你想到过寂寞吗？

风在远方骂你时，你听到了吗？为何默不作声？

在杂耍艺人的聒噪中，你有没有过卖艺的冲动？

一座孤岛，邀你前去称王，去，还是不去？

面对窗外的噪音，你把耳朵捂上是什么意思？

如果不能在沉默中认清自己，又如何保证不会在喧
　嚣中迷失？

你在面对自己时，可曾想过鲁迅如何面对周树人？

"无限的远方，无数的人们……"你真的爱他们吗？
　还是仅仅说说而已？

当坦克驶过街角时，你又在哪里？

你叫高照亮，但你既不在高处，又无从照亮，你是
　不是名不副实？

给你一只碗，你会用它来盛什么？——"盛我自己
　的血"，你这个骗子！

3

在那片休耕的土地上，埋着你的祖父，你想到过重
　逢吗？

死亡偷偷找到过你吗？你们都谈了些什么？

那异乡人跟你说了什么，以至于你一整天都在发呆？

昨夜膝关节的痛，又在向你诉说着什么？

你愿意作为一粒种子，还是一颗金子去下葬？

你藏在体内的钟，是为谁所留？当它变作骨灰，又
　有谁在哭？

你哭的时候，有谁在听？她们可是你理想的听众？

向下摆渡的船，你可曾坐过？你看，你的朋友们都
　　有坐……

你有没有勇气成为失败的一部分，而不是作为它的
　　邻居？

连一次像样的失败都没有，你是不是得到的太多了？

你这一生，可曾为自己修筑过一座抵挡溃败的堤坝？

4

听说为了验证健康，你曾专门生过一场病，这很好。

听说你依然想做一个低于柜台的孩子，即便糖果已
　　经卖完。

你还是你梦中的客人吗？你们会不会手拉手结拜为
　　兄弟？

想对那埋伏在街头的射手说句什么——假如那枪口
　　正对着你？

你在内心到底杀死过几个人？你的手上有几只麻雀
　　的血？

你看到过一只在射程之内的鸟眼吗？但它们仍在歌
　　唱……

这一刻，你是否愿意成为你的敌人？说说你都做错
　　了什么！

所有的错误加起来，能否累积成一次人性的雪崩？

当内心的黑暗逐渐释放时，你敢于承认自身的卑

污吗？

爱在减弱为低气压。你是卑贱的，知道吗？你是
　卑贱的。

现在，你终于承认自己不诚实了，这到底是一种
　诚实还是在撒谎？

泉

一群孩子在村边的池塘里嬉戏
男孩光着身，女孩提着湿漉漉的
花裙子，小心翼翼地涉过浅滩
想起小时候，也是在这个池塘边
我和一个小女孩比赛谁尿得更远
我至今记得她提着小裙子往池塘
滋尿的样子，洁白的阴部如瓷器
一股水流如清泉般落入池水里……
有些事情早已忘记，仿佛未曾发生过
有些细节则被我们清晰地记忆一生
何种记忆会化作人生的财富
什么样的人生会重返无邪的童贞
一拨拨孩子出生、长大，成家或离去
只有这一小片池塘是不变的，还有
那一汪平静如星空的池水。

神秘夜航

一架飞机，突然就失去了
踪迹，没有呼救，没有信号
如流星落入大洋，阒寂而神秘
仿佛上帝把它藏了起来
上千艘船在大洋上搜寻
像一群热锅上的蚂蚁。
漆黑的夜，只有大熊星座
在亮着，仿佛上帝微睁的眼睛
大群的鱼虾赶来看热闹
上帝派来一头鲸
将其轻轻吞下……
还有多少神秘的悲剧
是上帝跟我们开的玩笑？
我抬头，突然看见一只鸟
如虎鲨穿梭在密林里。

在夜行列车上

夜行慢车，像下乡视察的
县委书记，颟顸，迟钝
喘息在广阔的华北平原
一个见多识广的陕西小贩
独自啃食着一只油腻的鸡
一位打扮入时的小姑娘
正强忍着睡意。除此之外
疲倦的旅人们以各种姿势
入睡，睡神真是一位伟大的
神，让人们彻底失去了枷锁
一个小伙子，酣然睡在
另一个小伙子的两腿之间
一对小夫妻，相互交叠着
如同睡在自家的单人床上
一位老妇，睡梦中突然撩起上衣
多么幸福啊，在这夜行列车上
当他们终于沉沉睡去，从华北
一直睡到东北，这其间所有的
艰辛，他们都不曾遇到。

格物

一个物，静静地立在阳光里
它是完整的，包括它的体积
以及它所制造的一小片阴影
一个物，是一个具体的存在
它无声而风给它带来了声音
它无命运而一只蝴蝶给它带来了艳遇
一个物是一个具体的存在包括
那个在窗内观物的人。
他刚合上桌上的电脑并将目光
投向那个物。那里空无一物
除了一面19英寸的电子屏。
当他带着喜悦或忧思从一场
喧嚣中归来他顺便看到了那个物
它无声，无命运，但它是一个世界
此刻这个世界实实在在地与他连在了一起。

鹦鹉观察

一只绿色鹦鹉，畏缩着
落在我的阳台上觅食
它大概是被人养大的，还保持着
未经野外飞翔的蓬松的尾羽
和孩子似的对食物的眷恋
它与我保持着一米的距离
这是一个逃脱的距离，也是
一个安全与友好的距离
在这个距离上，我们相互抱以
奇妙的热情与警惕，无论如何
我们都是被惊恐养大的，它有
凌厉的翅翼，有灵活的颈项
有球形的复眼和半秒钟的埋头
它能来到我的阳台上觅食，那么
谢谢它，它能将距离缩小为半米
仍然要谢谢它——
当它凌空飞走的那一刻
像一支箭矢射在我心里。

什么才是结实的人生

秋风已装上冬天的马达，卷起
枯黄的落叶，那么深情的天空，
却没有一只鸟。每天准时坐在
书桌前，仿佛被另一个人生雇佣
其实只是停不下，就像那窗外的
清洁工，入秋以来，他就在清扫
落叶，早晨和黄昏，一天两遍
然后用一个柳条筐，拖到小河边焚烧
那好闻的气味会随风飘进我的阳台
我便停下来，抽颗烟，让两种烟雾
汇合在一起，仿佛两种人生的交汇
——他扫落叶，我写作。他的活计
要一直持续到冬季，直到一场大雪
将树叶全部捋光，然后再开始扫雪。
他在诠释百变的人生其实只有劳作
我则希望这不朽的技艺能带来慰藉
人近中年，虚幻的成功已不够有趣
而如果写下的一切只是一种折磨
何不干脆将它酿成蜜？黄昏时，读
一位早逝诗人的诗集，他在书里说
"我操过那个妞儿！"是的他操过

他还曾雇人哀悼过自己。似乎该干的
他都干过了，然后死去，悄无声息。
就像我那些远方的朋友，我们各自
沉默地活着，连电话都懒得打一个
但我们确知彼此都还存在于这世上
活着，轻飘飘的，落叶般的，人生。

与旧友聊天一下午

春天的大雪装饰着街道
多年不见的旧友带来新的消息
他离婚了，他发财了，她终于
结束了不可思议的婚内生活
这多么好生活被你们搭起又毁掉
这多么好你们又各自找到了新欢
我想说我仍一成不变地待在原地
生活这个硬物始终拿我没办法
但这不是事实因为逝者如斯夫啊
我们玩着玩着就老了，老了就好办了
我是说我们终于不再年轻，某种作为
生命基点的东西被建立起来
自此，我们就要为后半生而活了
但后面有什么？但愿它是仁的，就像
窗外这场大雪，它落在众人的头顶上
悄悄打湿了谁的一缕白发
如同新鲜的旧物堆积起的爱，
如同命中的心爱者——复活。

命中注定

他终于坐下来，抽了半支烟，打开
电脑，准备写一首诗。像一种祭神仪式
这首诗的模糊面貌已经了然，他有信心
在这个阴雨绵绵的午后，将它写出来。
还看不清它的形状，确切说，只知道
它存在着，能感受得到它怦怦的心跳
但尚不知它置身何处。这有什么关系呢？
它已然生成，在他的体内，只需要一个
合适的契机，将它生下来。他将剩下的
半支烟点上，坐在电脑前，敲下第一行——

但这就是它吗？他有些惶然，不敢贸然
继续写下去。也许会把它写坏呢？或者
写成了另外一首诗？他起身来到室外
转了一圈，天空的云越积越厚，雨点
开始变大。诗啊，没那么复杂，它通常
很简单，但要让这简单之物完美现身
依然是难的。再次返身，坐下，在电脑上
敲下最后几行。现在，一首诗已经诞生
但还不是最初的那一首，他确信，那首
命中注定的诗，依然没有被写下。

从死亡的方向看，什么才是有意义的

天一直阴着，过午时，下起了细碎的雪
沙沙地落在屋檐下的篷布上。我呆呆地望着
细雪中的枯树、房顶和远处的火车站
舒伯特的鳟鱼五重奏在唱机里循环播放。
一年终了，没有悲哀，没有狂喜，每天逆着
众人的方向，从城里来到郊区，只为找一个
清净的地方，抽烟，发呆，凭运气写首小诗。
有时想起远方的朋友，缄默的嘴唇会送上
一两句祝福。活在孤寂的虚无中，和活在
忧伤的蓝调里，看不出有多少不同。
从最细微的事物里重新学习爱，从书页间
讨生活。这一生真要浪费起来，还是很费时的。
这是一种属人的生活吗？有时一阵清风就能
鼓荡起我心中的罪，或从窗外鸟雀那闪光的
尾羽上，想起她胯间的毛发。那些看似没有
被浪费的时光，事实上，也被我们浪费了。
关键是空下来，在期待中发生的每一件事
都会有神启。黄昏时，车站的灯光亮起。
下楼，发动车子，扫去玻璃上一层薄薄的雪
沿着雪雾弥漫的公路回城。路面的冰反着光
远处，一束烟花在空中炸开，绚烂，然后又
复归沉寂。

图书在版编目（CIP）数据

最后的黑暗：朵渔诗选 2009 - 2012 / 朵渔著．
-- 北京：作家出版社，2018.10

ISBN 978 - 7 - 5212 - 0247 - 2

Ⅰ.①最… Ⅱ.①朵… Ⅲ.①诗集 - 中国 - 当代 Ⅳ.①I227

中国版本图书馆 CIP 数据核字（2018）第 226357 号

最后的黑暗：朵渔诗选 2009 - 2012

作　　者：朵　渔
责任编辑：李宏伟
装帧设计：合和工作室
出版发行：作家出版社
社　　址：北京农展馆南里 10 号　　　　邮　　编：100125
电话传真：86 - 10 - 65930756（出版发行部）
　　　　　86 - 10 - 65004079（总编室）
　　　　　86 - 10 - 65015116（邮购部）
E - mail: zuojia@zuojia. net. cn
http: // www. haozuojia.com（作家在线）
印　　刷：三河市紫恒印装有限公司
成品尺寸：120 × 200
字　　数：72 千
印　　张：6
版　　次：2018 年 10 月第 1 版
印　　次：2018 年 10 月第 1 次印刷
ISBN　978 - 7 - 5212 - 0247 - 2
定　　价：46.00 元